이홍식 수필집

# 우물과 두레박

## – 수필로 쓰는 글쓰기 체험

청어

# 우물과 두레박 – 수필로 쓰는 글쓰기 체험

이홍식 지음

**발행처**·도서출판 **청어**
**발행인**·이영철
**영 업**·이동호
**홍 보**·최윤영
**기 획**·천성래 | 이용희
**편 집**·방세화
**디자인**·김바라 | 서경아
**제작부장**·공병한
**인 쇄**·두리터

**등 록**·1999년 5월 3일
(제321-3210000251001999000063호)

**1판 1쇄 인쇄**·2016년 11월 20일
**1판 1쇄 발행**·2016년 11월 30일

**주소**·서울특별시 서초구 효령로55길 45-8
**대표전화**·02-586-0477
**팩시밀리**·02-586-0478

**홈페이지**·www.chungeobook.com
**E-mail**·ppi20@hanmail.net
**ISBN**·979-11-5860-431-8(03810)

이 도서의 국립중앙도서관 출판시도서목록(CIP)은 서지정보유통지원시스템 홈페이지
(http://seoji.nl.go.kr)와 국가자료공동목록시스템(http://www.nl.go.kr/kolisnet)에서
이용하실 수 있습니다.(CIP제어번호: CIP2016023519)

# 우물과 두레박

## – 수필로 쓰는 글쓰기 체험

## 📝 책머리에

어떤 글쓰기 방법보다 우선하는 것은 누군가에 의해 동기 부여가 되거나 어떤 것이든 내가 글 쓰겠다는 마음을 갖게 하는 매개(媒介)를 만나는 일이다. 나는 지금 내 딸 이야기를 하려고 한다. 어쩌면 이 같은 이야기도 어떤 사람에게는 동기부여가 될 수 있겠다는 생각 때문이다. 딸을 두고 하는 비유가 책을 읽는 독자들에게 적절한지는 모르겠고 어쩌면 생각이 짧은 치기(稚氣)가 될지도 모를 일이다. 그래도 용기를 내어 말하는 것은 사람이 하는 일 대부분은 한 가지 일이 만 가지로 통한다는 옛사람들의 말이 틀리지 않음을 알기 때문이다. 살 빼는 일과 글 쓰는 일 모두 사람이 하는 것이라 이 둘은 서로 통한다는 생각은 나의 믿음이다.

내 딸은 학교 다닐 때부터 비만이었다. 학교를 졸업하고 취직을 못 해 애를 태우다 작년 오랜 도전 끝에 어렵게 취직을 했다. 말은 안 했지만 뚱뚱한 모습 때문에 면접에서 떨어진 일이 많은 것 같았다. 그보다 나를 놀라게 한 것은 출근하고 얼마 되지 않아서부터 딸아이 모습이 눈에 띄게 달라지는 것이다. 전에는 온 식구가 매달려 살 좀 빼라고 그렇게 애원을 해도 안 되던 것이 회사에 다니고부터는 하루가 다르게 달라지면서 예전 모습이 사라져버렸다. 이것을 보고 내가 느낀 것은 아무리 살 빼는 일이 어렵고 힘들어도 본인 마음이 돌아서면 저렇게 살이 빠지는 것이다. 입사하기 전과 비교해 지금 딸의 모습은 내가 봐도 신기하다.

글쓰기도 마찬가지다. 내가 글 쓰겠다는 마음만 먹으면 나머지는 저절로 따라온다. 살을 뺄 때 방법이나 과정은 자기에게 맞는 방법이 무엇인지 애쓰지 않아도 저절로 알게 된다. 마찬가지로 글쓰기에 따른 문법이나 작문기법은 글을 쓰다 보면 애써 따로 배우지 않아도 자연히 따라오게 된다. 처음 한글을 배우기 위해 자음 모음을 배우는 일과 글자를 익혀 단어를 배워 문장을 만드는 것과 같다. 그런 과정에서 띄어쓰기, 맞춤법, 표준어 등 문법은 저절로 몸에 배어든다. 백 번 들어 머리로 아는 것보다 한 번이라도 경험(글쓰기)을 통해 아는 것은 머릿속에 제대로 쌓인다.

회사에 출근해서 자기를 바라보는 동료직원들의 시선을 의식하고 마음이 돌아서서 어려운 살빼기에 성공한 딸아이처럼, 머릿속이 굳은살로 뭉쳐있는 우리도 이제 그 각질을 한 꺼풀씩 벗겨내야 하지 않겠는가. 중요한 것은 내가 글을 쓰겠다는 마음이 머리에서 가슴으로 내려오는 것이 먼저다. 이것이 내가 책을 쓰는 이유다.

# 프롤로그

우리 인생의 대부분은 나를 표현하는 과정이다. 자기를 표현하는 도구는 결국 글쓰기일 것이다. 인생의 마지막까지 내 곁에 남아 함께하는 것이 글 쓰는 일이 아닐까 싶다. 내가 세상에 머물 수 없는 시간이 되면 이곳에 남아 사람들에게 기억되는 일이기에 내 인생과 사랑을 기록으로 남긴다는 것, 그리고 내가 작가였다는 사실은 값으로 매길 수 없는 소중한 것일지도 모른다.

글쓰기에 관한 책은 수없이 많다. 그것을 읽는다고 당장 글 쓰는 솜씨가 달라지거나 좋아지는 건 아니다. 단지 물이 있는 곳으로 가는 길을 가르쳐줄 뿐이다. 길은 자기 스스로 걸어야 하고 물가에 가서 물을 먹고 못 먹는 것은 본인에게 달렸다. 빤한 글쓰기 이론과 작가의 체험, 글 쓰는 요령이 설명된 책은 기계의 작동 설명서처럼 배우는 사람에게 한계가 있다. 이미 정형화된 이론이 대부분이고 누구든 글쓰기에 관심 있는 사람이면 한 번쯤은 책을 통해 알거나 글쓰기 강좌 같은 데서 들은 이야기다. 그런 것들은 글 쓰는 과정을 거치며 스스로 배워 알게 되고 혼자 깨우칠 수 있다. 나머지 일은 자기가 가야 할 길 하나를 잡아 거기에 집중하면 나머지는 자연히 따라오게 되어있다.

　나도 글쓰기에 관련된 책을 많이 읽은 편에 속한다. 대학에서 문예 창작 공부를 하거나 누구에게 전문적인 교육을 받은 일이 없다. 오로지 컴퓨터에서 얻는 정보와 책을 읽으며 혼자 공부하는 것이 전부다. 어쩌면 나와 같은 과정을 거치는 사람들이 더러 있을지도 모르고 처음에 나처럼 길을 몰라 헤매는 사람도 있을 것이다. 스승이 없는 나는 혼자 길을 찾으려고 애쓰다 보니 자연히 내가 글을 쓰기 시작하면서 겪었던 어려움이나 과정에 대한 많은 일을 수필이든 아니면, 무엇이든 그때 마음을 글로 표현했다.

　내 이런 경험을 다른 사람과 공유하고 싶다는 생각이 드는 것은 어쩌면 나 같은 사람이 더러 있을지도 모른다는 생각 때문이다. 내가 걸어온 길이 산을 오르는 또 다른 길이라고 생각하기에 내가 그동안 고민하고 경험했던 일들을 수필로 썼다. 이 책 또한 인연이 되는 이가 본다면 그에게도 이것이 물가를 가리키는 손가락이 될는지도 모르겠다.

  세상에는 처음에는 길이란 게 없었다. 사람들이 다니면서
부터 길이 되었다. 이처럼 글쓰기의 길도 사람들이 많이 다닌
곳으로 간다면 가는 길이 그리 어렵지 않다. 우리가 산행할 때
앞서 간 사람이 달아놓은 표지기를 따라가듯 가야한다. 간혹
옆길로 빠져 다른 길을 탐험하는 때도 있지만, 나에게는 이곳
저곳을 탐험하고 싶어도 시간이 그리 많지 않다. 그나마 운이
좋은 것은 세상이 무섭게 달라진 지금, 사람들이 다녀 다져진
길을 아무런 보상 없이 쉽게 걸어가는 편안함이다. 돌이켜 생
각해 보면 나는 양손에 떡을 쥐고 또 다른 것도 먹을 수 있는
행운아일지도 모른다.

  내가 등단하기 전과 등단할 때까지 겪고 체험한 시간 따라
지리산 둘레길 표지목을 따라가듯 그 당시 마음을 쓴 수필로
나름의 생각을 옮겨놓았다. 누군가는 말장난하는 것으로 보
일 수도 있을 것이고 또 누군가는 물가를 찾는 나뭇가지에 달
린 표지기가 될 수 있을 것이다.

✒ 들어가기 전 현관문(玄關門)앞에 서서

## 원황(袁黃) 작문오법(作文五法)

### 첫째. 존심(存心)

마음에 간수(看守)다. 글은 마음에서 나온다. 마음이 거칠면 글이 조잡하고, 마음이 잔달면 글도 쫀쫀하다. 마음이 답답하면 글이 막히고 마음이 천박하면 글이 들뜬다. 마음이 어긋나면 글이 허망하고, 마음이 방탕하면 글이 제멋대로다.

### 둘째. 양기(養氣)

곧 기운 배양이다. 기운이 온화하면 글이 잔잔하고 기운이 가득차면 글이 화창하며, 기운이 씩씩하면 글이 웅장하다. 글을 지으려면 먼저 기운을 길러야 한다. 평소에 기른 호연지기가 글에 절로 드러나야 한다.

### 셋째. 궁리(窮理)

이치가 분명하면 표현이 명확하고, 이치가 촘촘하면 글이 정밀하며, 이치가 합당하면 글이 정확하다. 이치가 주인이라

면 표현은 하인에 불과하다. 주인이 정밀하고 밝은데 하인이
명을 따르지 않는 경우란 없다.

### 넷째. 계고(稽古)

옛글을 읽혀 자기화 하는 과정이다. 정밀하게 골라 익숙히
익혀 아침저녁으로 아껴 외운다. 틈날 때마다 옛글을 읽으면
내 글 속에 옛글의 풍격이 스며든다. 이 노력이 없으면 말투나
흉내 내다 작대기 글로 끝난다.

### 다섯째. 투오(透悟)

깨달음이다. 육예(六藝)의 학문은 익숙하지 않으면 깨달을
수 없고, 깨닫지 않고는 정밀함이 없다. 끝없는 반복으로 온
전히 자기 것이 되면 언제 오는지도 모르게 깨달음이 내 안으
로 쏙 들어온다.

이 다섯 가지의 바탕 위에서 나온 글이라야 천하무적이다.

## 연암의 작문법

> 글을 끝마쳤으면 잠시 내버려 글 상자에 넣어두고 눈으로 보지 말고 또 가슴에서 깨끗이 씻어 몰아내어 마음에 담아두지 않는다. 그렇게 하룻밤이나 이삼일 잔 뒤 일어나 다시 그것을 취해 본다. 내가 내 글을 아끼고 사랑하는 마음을 느슨하게 만든 뒤에 남의 글을 보듯이 하면, 옳은 것은 즉시 그 옳음이 드러나고 그른 것은 즉시 그른 점이 드러난다. 그른 것은 버리기 어렵지 않다. - 연암 -

명나라 원황(袁黃)이 간생에게 주는 문장에 대해 논한 글을 정민 교수가 쓴 글에서 옮겨놓았고, 다른 하나는 '연암의 글쓰기'에서 메모해두었다 옮겨 적은 것이다. 이 둘은 내가 수시로 떠 올리며 마음으로 외우는 글이다. 글쓰기에 대해 무수히 많은 교훈과 방법들이 있지만 이보다 더한 가르침이 어디 있을까 싶다.

내 이런 마음을 다른 사람과도 나누고 싶은 생각이 간절하다. 이다음 장에 쓴 수필 끝부분의 '마키아벨리'의 글도 마찬가지다. 내가 이 같은 글들을 읽으며 마음 다잡는 일은 어떤 스승의 교육보다 가치 있었고 다른 어디에서도 배울 수 없는 공부였다.

# 차례

책머리에 ···································· 4
프롤로그 ···································· 7
들어가기 전 현관문(玄關門)앞에 서서 ············ 10

## 제1장

책상 앞에 앉아서 ···························· 21
글쓰기 최대 걸림돌은 망설임 ·················· 23
좋은 글이란 ································· 25
삶의 방향을 바꾼 문장 ······················ 29
글 쓰고 책 읽는 이유 ······················· 33
무식해서 용감한 것 ························· 37
좋은 말과 좋은 글 ·························· 41

글 쓰는 도구는 어떤 것이든 상관없다 ········ 45
구석기에서 청동기시대로 ···················· 47
글쓰기와 음식 만들기 ······················ 53

무엇이든 일을 하며 얻어지는 사유 ·········· 57
시인 나태주 문학기행 ······················ 59

이청준 문학기행···························· 63

인문학 1······························· 67

인문학 2······························· 71

스승들의 무언(無言)······················ 75

평전을 읽는 것과 독후감 쓰는 것·········· 79

다윈 평전을 읽으며····················· 81

이어령 교수와 나······················ 85

발원······························· 89

대학교육이 꼭 필요한 것은 아니다········· 95

스승 없는 사람의 불행과 행운··········· 103

독서와 사색························· 107

스승도 없이························· 111

배움이라는 것······················ 115

민얼굴의 당당함····················· 119

독서의 힘························· 123

내가 가야 할 길 1··················· 127

내가 가야 할 길 2··················· 133

읽지 않으면 쓰지 못 한다 ···················· 137

이청준과 나 ·························· 139

어느 한 작가의 작품에 집중하는 것 ······ 143

이청준과 만나는 날 ···················147

메모하는 습관 ······················ 151

중년의 문학 ························ 153

뮤즈는 없다 ························ 157

술꾼과 시인 ·······················161

## 제2장

소통의 광장으로 들어서기 ···················· 167

글 뜸들이기 ······················ 169

소통하고 싶은 마음 ··················· 173

글 쓰며 경계해야 할 일 ···················· 177

글 쓰는 사람이 경계해야 할 일 ··········· 181

칼럼을 쓰며 ························ 185

🖋 글 소재 찾는 일·································· 189

누나의 책 ······························· 191

글 도둑질 그리고 긴 이야기 ··············· 195

글감································· 199

내가 아내에 대해 글 쓰는 이유··········· 203

낙타 없는 사막 길······················· 207

🖋 타인의 시선을 의식하는 것··············· 211

내가 생각하는 수필은 1 ··············· 215

내가 생각하는 수필은 2 ··············· 219

매 맞는 날······························· 223

🖋 나중에 책 만드는 일··············· 227

굳어터진 사고(思考)의 각질(角質) ············ 231

절필(絕筆) ·································· 235

늦은 꿈도 꿈이라면····················· 237

문인의 길 ······························· 241

우리가 고전을 읽어야 하는 이유 ············· 245

책과 나 ························································ 247

주사위 던지기 ············································· 251

도끼를 잃어버린 사람 ·································· 255


연암 박지원을 읽으며 ·································· 259

연암을 읽으며(옛날이나 지금이나) ············ 261

연암을 읽으며(웃음과 울음) ······················ 265

연암을 읽으며(인간의 본질) ······················ 269


고전 속 글을 인용한 글쓰기 ······················ 273

고전 속 이야기 ············································ 275

사람의 역사 ················································· 279

중년의 글쓰기 ············································· 283


에필로그 ······················································ 287

# 1장

책상 앞에 앉아서

글 쓰는 도구는 어떤 것이든 상관없다

무엇이든 일을 하며 얻어지는 사유

평전을 읽는 것과 독후감 쓰는 것

대학교육이 꼭 필요한 것은 아니다

읽지 않으면 쓰지 못 한다

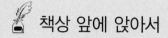 책상 앞에 앉아서

책상 앞에 앉아 어떤 것을 소재로 글쓰기 전 내가 종종 떠올리는 시구(詩句)가 있다. "나 또한 너 보기를 나 너 보듯 했더냐." 오래 전의 조운 시인의 시 구절이다. 내가 글 쓰다 생각이 막히거나 답답할 때 잠언과 같은 말을 눈감고 생각하곤 한다. 이 시구의 뜻만 제대로 알아도 내가 만나는 모든 사물과 사람은 내면의 깊은 곳을 열어 보일 것이다.

똑 같은 사물을 두고 처한 상황이나 보는 각도에 따라 관점도 달라진다. 나와 관계하는 사람의 모습도 내 마음 따라 다르게 보인다. 돼지의 눈에는 모두가 돼지로 보이고 부처 눈에는 모두가 부처로 보인다는 이성계와 무학 대사의 이야기가 지어낸 것이라 해도 좋다. 설령 그렇다 해도 그 이야기 속에는 사람이면 지켜야 하고 깨달아야할 교훈이 들어있다.

좋은 글이란 성실하고 선한 마음이 바탕이 되지 않고는 쓸 수가 없다. 내가 자주 하는 말이지만, 어떤 일에 대해 그 일의 좋고 나쁨을 판단하는 것과 그것이 행과 불행으로 갈라지는 데는 어떤 이유보다도 마음이 먼저다.

# 글쓰기 최대 걸림돌은 망설임

망설임에는 여러 가지 이유가 있다. 자신감이 없어서일 수도 있고 부끄러움 때문일 수도 있다. 자신감이 있고 없고는 한 사람이 지닌 내면의 힘을 나타낸다. 다른 사람은 쉽게 못 할 일을 한다는 것은 그 사람이 비교적 단단한 심리적 소인을 지녔음을 보여줄 뿐만 아니라 자신감의 표시이기도 하다. 전혀 터무니없는 것이 아닌 다음에야 자신을 드러낼 용기가 없다면 성공하기 어렵다. 자신을 드러낼 용기를 갖지 못해 망설이는 사람은 마음속에 열등감이 있다는 뜻이고 그런 열등감에 사로잡히면 살면서 기회를 만나도 나와는 상관없는 일로 포기해버린다.

부싯돌은 세게 부딪힐수록 찬란한 불꽃을 만드는 법이다. 그러니 가치 있는 무엇인가에 세게 부딪혔을 때가 기회인 것이다. 마치 바람이 강하게 불 때 연을 높이 날릴 수 있는 것처럼. 사람은 저마다 타고난 한계라는 것도 있겠지만, 태어날 때부터 모든 것을 가질 수 있는 사람은 없다. 조개 안으로 들어가 진주가 되는 것은 모래의 선택에 달렸다면 사람도 마찬가지다.

우리가 말하는 행과 불행, 성공과 실패는 내가 내 삶을 바라보는 각도에 따라 관점 또한 달라지고 내 생각에 따라 둘로 나뉜다. 참 쉬운 것 같아도 상황 따라 올라오는 마음을 간수하기 힘 든다. 어떤 일을 맞닥뜨려 이 같은 사유의 힘을 기르지 않는 한 내가 세상바다에 닻을 내릴 곳은 어디에도 없다. 눈앞에 보이는 것을 어떻게 생각하느냐에 따라 사태는 둘로 갈라진다. 중요한 것은 일과 사물을 대하는 각자의 사유방식이다.

# 좋은 글이란

일본의 국보가 된 조선 막사발의 미학은 장인들이 잘 만들겠다는 욕심이 없을 때 만들어진 것이라는 어느 학자의 말이다. 마찬가지로 좋은 글도 내가 잘 써야겠다는 생각조차 없을 때 쓰이는 것이다. 그것은 완벽한 글을 쓰겠다는 마음이 근본정신을 가리지 않아 사심 없는 마음으로 자기 글을 쓰기 때문이다. 내가 좋은 글을 써야겠다는 마음은 글쓰기의 걸림돌이 되고 내가 쓴 글로 다른 사람에게 감동을 주겠다는 생각은 더 큰 장애물이다.

의식적으로 동작을 하면 동작보다 의식이 더 드러나듯 자연스럽지 못한 것에는 의도된 흔적이 드러난다. 무엇이든 생각이 앞서가면 마음이 들뜨고 조급해져 일이 잘 안 된다. 글은 마음에서 나오는 것이어서 조급한 마음으로 글을 쓰면 글이 바쁘게 되고 읽는 사람이 숨 가쁘기 마련이다.

우리의 일상도 이 같은 마음 기준이 어디든 적용된다. 글이든 뭐든 마음에서 나오는 것 아닌 게 없다. 열 개를 배우면 일고여덟 개 정도를 써야 하고 스무 개를 배우면 그 가까이만 써야 하는데 그보다 더 쓰려고 하니 하는 일마다 모양이 일그러진다. 한 걸음 떼고 난 다음 서너 걸음 앞을 먼저 생각하면 급한 마음만 앞서 일을 그르친다. 살아보면 모든 일이 그렇고 더구나 글 쓰는 일은 더 그렇다.

내가 배운 게 없고 읽지 않았는데 글만 잘 쓰려고 한다면 감나무 밑에서 입 벌린 사람보다 오히려 못하다. 입이라도 벌린 사람은 떨어진 감이 어쩌다 운 좋게 입안으로 들어가는 일도 있다. 하지만, 책 읽지 않고 공부하지 않은 사람이 좋은 글쓰기를 바란다면 씨앗도 심지 않은 땅에 비 온다고 싹트기를 바라는 것과 같다.

완벽한 글은 잘 써진 이유만으로 독자가 자기감정을 이입할 여유가 없다. 오히려 조금 미숙한 글에는 읽는 사람이 작가와 함께 호흡할 수 있는 여백이 있어 미숙해도 실은 미숙한 것이 아니다. 오히려 미숙한 곳에 독자의 마음이 오갈 수 있는 여유가 될 수 있다. 한편의 좋은 글에는 읽는 사람의 마음이 스며든다.

좋은 장독은 눈에 보이지 않는 작은 구멍이 있어 바람이 드나들며 숨 쉬는 까닭에 김치나 간장이 맛있게 익는다. 글에도 작가의 마음과 생각의 틈으로 독자의 생각이 드나들며 또 다른 글을 쓰게 한다. 이렇듯 좋은 글은 읽는 사람 마음이 들어갈 자리가 남아있다. 거기에 각자의 생각을 줄이거나 보태어 새로운 글을 만들어내는 것이다.

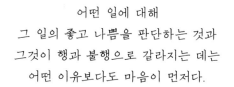

어떤 일에 대해
그 일의 좋고 나쁨을 판단하는 것과
그것이 행과 불행으로 갈라지는 데는
어떤 이유보다도 마음이 먼저다.

# 삶의 방향을 바꾼 문장

"이 세상 모든 사물 가운데 귀천과 빈부를 기준으로 높고 낮음을 정하지 않는 것은 오직 문장뿐이다. 훌륭한 문장은 마치 해와 달이 하늘에서 빛나는 것과 같아서 구름이 허공에서 흩어지거나 모이는 것을 눈이 있는 사람이라면 보지 못할 리 없으므로 감출 수 없다. 그리하여 가난한 선비라도 무지개같이 아름다운 빛을 후세에 드릴 수 있으며 아무리 부귀하고 세력이 있는 자라도 문장에서는 모멸당할 수 있다."

이 글은 고려 시대의 학자 이인로의 글이다.

말은 뱉어내고 나면 입으로 전해져 남기는 하되 짧은 시간일 뿐이다. 글은 활자가 되어 기록으로 남게 되면 몇 백 년을 가도 그 흔적은 없어지지 않는다. 오래전 책을 읽다 만난 이 문장은 나에게 많은 영향을 주었고 내가 글 쓰는 사람이 되고 싶다는 생각을 하게 했다. "이 세상 모든 사물 가운데 빈부와 귀천을 기준으로 높고 낮음을 정하지 않는 것은 문장뿐이다."라는 이 말은 항상 내 마음속에 자리 잡아 삶을 추동(推動)하는 힘이 되었다.

내가 가진 것이 너무 초라하기도 했지만 글만 잘 쓸 수 있다면 내가 못 가진 것을 덮을 수 있다는 생각 때문인지도 모른다. 어느 분야에서건 그 분야에서 남보다 뛰어나다면 그것만으로도 남에게 인정받고 드러나기 때문이다. 어쩌면 이런 생각들이 내게 동기부여를 가져와 어려운 환경 속에서도 지치지 않고 책을 읽었는지도 모른다.

나는 한때 손바닥으로 하늘을 가릴 수 없는 것인데 나는 아무것도 없이 내 전부를 가리려 했다. 그리고 내가 세상과 관계하는 방식으로 작은 구멍 속으로 보이는 것을 전부로 알고 있었다. 그러나 세상을 제대로 알기 위해선 내가 무엇을 통해 세상을 바라보는지 내 모습을 살펴야 한다. 구멍으로만 세상을 바라보던 내가 얼마나 보잘 것 없고 작은 존재인지, 오로지 글만 잘 쓰면 된다는 오만과 건방짐은 전혀 엉뚱한 곳으로 나를 데려갔을 것이다.

뛰어난 운동선수가 많은 사람에게 주목받듯이 남보다 앞선 능력을 발휘하는 사람은 다른 사람에게 인정받는다. 어떤 것이든 자기가 잘 할 수 있는 한 가지 일에 남보다 우뚝하다면 나머지는

다 덮고 가려질 것이라는 생각으로 조급하게 살았다. 그러는 내게 넘기 어려운 절벽이 눈앞에 나타나기까지는 많은 시간이 걸리지 않았다. 이인로의 글대로 내가 무지개처럼 아름다운 문장을 쓴다는 것은 큰 밭을 일구겠다며 그 앞에 달랑 호미 한 자루 들고 서있는 꼴이었다.

그래도 높은 벽 앞에 좌절하고 움츠려있던 나를 일으켜 세우고 힘을 불어넣어 준 것은 여전히 책 읽는 일이었다. 책은 사그라지려는 마음의 불씨를 되살려 힘을 불어넣고 책 읽기는 항상 내 마음을 지켜주었다. 그것 밖에는 달리 생각할 것이 없었다. 내가 미래에 대한 꿈을 가지고 마음을 추스른 것은 어려운 환경 속에서도 손에서 놓지 않았던 책이었다.

때로는 한 권의 책이 인생을 바꿀 수 있다. 책에서 우연히 마주친 한 구절로 내 삶의 태도가 예전과 달라질 수 있음을 안다. 책을 통한 인생의 체험들이 내 삶에 얼마나 많은 일을 해냈는지도 알고 있다. 그리고 늘 새로운 세상을 기대하며 꿈을 꾸게 했다.

한때 나에게 등대와 같았던 "아무리 부귀하고 세력이 있는 자라도 문장에서는 모멸당할 수 있다."라는 짧은 이 문장은 그 안에 수많은 뜻을 함축하고 있었던 말이다. 요즘에 와서도 천 년 전 이인로가 쓴 이 글이 자꾸만 머릿속에 맴돈다. 나는 글을 되씹을수록 이 말이 담고 있는 의미를 생각하면 두렵다. 어쩌면 글 쓰는 일이 내 결핍을 그것으로 감추려는 자기기만이라면 그것은 안 될 일이다. 만에 하나 오만했던 옛 시절로 돌아가는 것이 될 지도 몰라 나를 경계하는 마음이 느슨해질까 수시로 다잡는다. 언젠가 그런(무지개처럼 아름다운 빛을 낼 수 있는) 날이 온다면 내 안 에 있던 온갖 슬픔과 의혹들은 저절로 사라지게 될 것이다.

# 글 쓰고 책 읽는 이유

다산 정약용은 "군자저서전유구일인지지(君子著書傳唯求一人知知): 군자가 책을 써서 전하는 것은 다만 그 책을 알아주는 한 사람을 구하기 위해서다."라고 했다. 많은 사람이 내 작가적인 의도나 문학세계를 알아주면 좋겠지만, 언감생심 거기까지 바랄 수는 없다. 게 중 어느 한 사람이라도 내 글을 읽고 공감한다면 그것으로 만족한다. 문학을 하는 것은 외롭기도 하지만 또 한편 으로는 무량의 어둠속에서 밝히는 한 자루 촛불처럼 어떤 관심 도 받지 못하고 사라져 가는 그런 것들을 살피고 기억하는 일이 기에 의미 있는 것이다.

나는 살면서 내가 맞닥뜨리는 일에 대해 사고의 원천을 대부 분 독서를 통해 얻는다. 차츰 나이 들어가며 우리가 기억하고 실 천해야 할 것은 독서를 통한 내면의 힘을 키우는 일만큼 중요한 것이 없다. 중국 북송 때 문필가이자 정치가인 왕안석(王安石)은

"가난한 자는 독서로 부자가 되고 부자는 독서로 인해 존귀하게 된다."는 말을 기억한다. 책을 읽으며 시간과 공간의 한계를 뛰어넘어 과거로부터 지금까지 추앙받고 있는 현자들을 만난다. 이처럼 독서를 통해 우리는 과거와 미래를 동시에 살 수 있다. 한 권의 책을 읽는다는 것은 하나의 세계를 발견하는 것과 마찬가지다. 한 권의 책을 이해한다는 것은 또 하나의 세계를 갖는 것이다. 독서를 통해 책상에 앉아 세계와 우주를 소유할 수 있고 때로는 성인들과도 함께 할 수 있다.

우리 현대인들의 절친한 관계라는 것이 얼마나 연약한 고리에 의해 지탱되고 있는지 상황이 바뀌면 어제의 동지가 오늘은 적이 되는 현실을 실제로 겪고 있지 않은가. 하지만 책은 우리를 배신하지 않는다. ―"평소에 독서를 하지 않는 사람은 시간적으로나 공간적으로 자기 하나만의 세계에 감금된 것이다. 그러나 그러한 사람들이라도 "책을 들기만 하면 생각조차 하기 어려운 별천지에 있는 자신을 발견할 것이다." (임어당)― 이 말은 한동안 내가 가야 할 길을 가리키는 삶의 표지기가 되었다.

독서란 기억에 의해서가 아니라 깊은 사유와 사색으로 얻어진 것만이 참된 지식이 된다. 이것만큼은 억지로 얻어질 일이 아니다. 독서는 단지 지식을 습득하는 두뇌 운동이 아니라 삶을 바꾸는 몸의 실천이다. 새로운 인연을 만들어 가는 사랑의 네트워

크라는 것을 기억해야 한다.

"저녁이 돌아오면 나는 집으로 돌아와 서재로 간다. 서재 문 앞에서 흙과 땀이 묻은 작업복을 벗고 궁정에 들어갈 때 입는 옷으로 갈아입는다. 이렇게 엄숙한 옷차림으로 고대인이 모여 있는 궁정에 들어서면 그들은 반갑게 나를 맞이한다. 그곳에서 나는 온전히 나만의 것이며 내가 태어난 이유인 음식을 맛본다. 고대 성현들에게 삶에 동기가 무엇이었냐고 물으면 그들은 친절하게 답해준다. 이렇게 서재에서 네 시간 쯤 보내다 보면 세상사를 잊고 짜증나는 일들도 모두 잊는다. 가난도 더 이상 무섭지 않고 죽음에 대한 두려움도 떨리던 마음도 편안해 진다."

—마키아벨리—

마음이 느슨해질 때면 잠에서 깨우는 책상 위 자명종 시계처럼 나는 마키아벨리의 이 글을 읽는다. 책은 내가 가야 할 길을 안내해 주었고 삶의 터널에 갇혔을 때 어떻게 빠져나와야 하는지도 가르쳐 주었다. 그런 의미에서 책은 세상의 편견과 질시에서 항상 내 마음을 지켜준다.

나는 살면서 내가 맞닥뜨리는 일에 대해
사고의 원천을 대부분 독서를 통해 얻는다. 차츰 나이 들어가며
우리가 기억하고 실천해야 할 것은 독서를 통한
내면의 힘을 키우는 일만큼 중요한 것이 없다.

# 무식해서 용감한 것

내가 자주 들락거리는 문인협회 카페에 전에는 나와 함께 시를 써서 올리던 여성 회원이 있었다. 얼마 전부터 갑자기 글 올리는 횟수가 차츰 줄어들다 요즘은 아예 멈추어버렸다. 며칠 전 모임에서 만날 일이 있어 물었더니 이렇게 말했다. 예전에는 겁 없이 올렸는데 주변을 둘러보니 시를 쓰는 분 중에 쟁쟁한 분이 많아 그때부터 부끄러워 차마 올리지 못했다고 한다. 전에 올린 시를 다시 읽어보면 얼굴이 화끈거릴 만큼 모자라는 부분이 눈에 들어와 쥐구멍에 들어가고 싶은 마음이었다고 했다. 그러니 자연히 자신이 없어져 올린 시가 남에게 웃음거리가 된다면 어떻게 하나 싶어 카페에 들어가서도 남의 글을 읽기만 할 뿐 자기 시는 쓸 수 없다고 했다. 전에는 어디서 그런 용기가 나왔는지 모르겠다며 웃음 지었다.

그 말에 나는 "무식하면 용감해집니다." 아무것도 모르니까요.

그런 나도 마찬가집니다. 그런데 나는 지금 같은 무식에서 깨어나고 싶지 않네요. 하며 대화를 마쳤지만, 그분의 자신 없어 보이는 모습에 나마저도 힘 빠지게 했다. 천방지축 처음 카페에 글을 쓸 때는 두 사람이 자전거 양쪽 바퀴처럼 굴러갔는데 그 여성분은 아마도 자전거 바퀴만 보다가 트럭 바퀴를 보고 그만 기가 질린 것 같았다. 그 심정 이해하고도 남는다. 트랙터를 몰고 밭을 가는 사람 앞에 달랑 호미 한 자루 손에 쥐고 있는 자신의 모습을 보는 것 같았을 테니까.

글 쓰는 것도 나보다 뛰어난 사람이 널려있는데 내가 그것만 쳐다본다면 평생 한 줄 글도 못 쓸 것이다. 위로 쳐다보면 전부 나보다 나은 사람이니 그것과 비교한다면 나는 모자라도 한참을 모자란다. 하지만 아래를 내려다보면 나보다 못 쓰는 사람도 많다. 위를 보면 항상 모자라고 아래를 보면 항상 남는 이런 상황을 어떻게 받아들여 내 길을 가야 할까.

여태 가졌던 자신감만으론 안 된다. 노력이 전제되지 않은 자신감은 자만에 불과할 뿐 작은 벽 하나를 만나도 넘지 못한다. 올바른 자신감을 가지고 노력하는 사람만이 한걸음 한 걸음 앞으로 나아가 결국 원하는 것을 손에 쥘 수 있다. 무용하고 희망 없는 노동이 끔찍한 것처럼 무턱대고 노력한다고 될 일은 아니지 않은가.

그러니 어차피 글 쓰는 작가의 길을 걷는다면 처음부터 잘 쓴 글을 표현하는 것이 아니라 지금처럼 '무식해서 용감해지기도' 하고 설익은 글을 표현하며 배움의 자세로 글 쓰다 보면 나도 모르게 차츰 익어가는 것이 아닐까. 배우는 것은 수단이고 나를 표현하는 것이 목적이어야 한다. 삶은 자기표현의 과정이다. 내가 가진 능력을 안다는 그 앎의 힘으로 앞으로 가야 할 길을 가늠하고 가진 역량이 얼마만큼 인지를 알아야 내가 어디로 가야 하는 가를 알 수 있지 않을까. 거기에 우리 같은 초심자가 기억해야 할 것은 무식의 탈을 쓰고 용감하지 않으면 결코 배울 수 없다는 사실이다.

여태 가졌던 자신감만으론 안 된다.
노력이 전제되지 않은 자신감은 자만에 불과할 뿐
작은 벽 하나를 만나도 넘지 못한다. 올바른 자신감을 가지고
노력하는 사람만이 한걸음 한 걸음 앞으로 나아가
결국 원하는 것을 손에 쥘 수 있다.

# 좋은 말과 좋은 글

옛 어른들로부터 사람이 "말이 많으면 쓸 말이 적다."는 말을 수없이 들어왔지만, 그 말의 진정한 뜻을 마음에 담지 못했다. 살면서 수많은 사람과 부대끼면서 그 말의 의미를 이제야 제대로 알게 되었다. 단순히 말이 많아 쓸 말이 적어지는 것으로 생각했다. 세월이 가며 말에 담긴 참뜻을 이해하게 되고부터는 왜 말이 많으면 쓸 말이 적어지고, 어떻게 하는 것이 쓸 말이 되는지 알게 되는 것이다.

그것은 같은 말이라도 무게 있고 좋은 말은 그 말의 주변을 침묵이라는 공간이 감싸고 있기 때문이다. 이를테면 동양화의 여백 같은 것이라고 할 수 있다. 동양화의 아름다움은 텅 빈 여백이 있으므로 그림이 돋보이고 살아나는 이치와 같다. 만약 동양화에 여백이 없이 서양화처럼 난초나 대나무 그림이 화면을 꽉 채워 버린다면 어떤 느낌을 받을까. 그때는 동양화만이 가지는 여백의 철학이 사라지는 것이다.

 평소에 침묵할 줄 모르는 사람은 아무리 쓸모 있는 좋은 말을 하더라도 그 무게감이 떨어지고 대신 침묵할 줄 아는 사람은 한마디를 하더라도 듣는 사람에게 무겁게 들린다. 꼭 같은 말이라도 말이 많은 사람이 하는 것과 입이 무거운 사람이 하는 것은 말의 무게와 의미가 확실히 달라진다. "진중한 침묵은 현명함이 머무르는 성전이다." 나는 침묵의 가치를 이야기하는 마키아벨리의 이 말을 좋아한다. 좋은 말, 쓸모 있는 말을 할 수 있으려면 내가 해야 할 말의 주변에 침묵이라는 여백을 만들자. 이것은 글쓰기도 마찬가지다.

 글 쓰는 사람이 세상 이야기를 하면서 작가의 주관이 아닌 엄정한 객관성으로 많은 사람에게 공감을 불러온 좋은 글은 (짧은 칼럼이나 산문 )일종의 소독약과 같다는 생각을 한다. 몸에 상처가 없는 사람은 소독약으로 목욕하는 경우라도 아무런 일이 없겠지만, 만약 몸에 상처 난 데가 있다면 그곳은 따갑고 아프다. 글을 읽은 다음이나 읽는 도중에 아픈 곳이 있다면 그곳이 왜 아픈지를 생각해야 한다. 자기와 생각의 관점이 다르고 사물을 바라보는 방향이 다르다고 해서 무작정 글을 무시해버리면 안 된다. 자기의 아집과 독선이 그 글의 내용과 싸울 것이 아니라 그것을 통해 자기를 돌아봐야 한다.

오랜 시간 사람들에게 읽혀온 글에 대해선 왈가왈부할 이유가 없다. 그러나 자기생각에 빠져 쓴 글들은 독자들에게 다양한 해석을 낳게 한다. 때로는 약간 혼란스럽고 어떤 부분은 편향적이라는 생각이 든다. 글이라는 것도 말과 다를 것이 없다. 마음속의 뜻이 입이 아닌 손가락을 통해 글로 전해지는 것이기에 말과 함께하는 침묵이라는 여백과 같이, 글도 많은 독서와 그 사람의 깊은 사색 끝에 써지는 글이 좋은 글이다. 글의 여백은 그 사람의 깊은 인생의 체험과 은유와 독서가 만들어낸다. 그래야 비로소 글다운 글이 써진다.

수필가 윤오영은 한편의 명문은 10년 교양에서 온다고 했다. 좋은 글을 쓰기 위해선 먼저 글 쓰는 사람이 좋아야 한다는 생각은 진실이다. 맛있는 음식을 만들기 위해선 좋은 재료와 음식을 만드는 사람의 정성이 합쳐져야 맛있는 음식이 만들어지듯 글도 쉽게 써지는 것이 아니다. 좋은 사람이 아니면 아무리 애를 써도 글이 써지지 않는 법이다. 그렇게 쓰인 글은 사람들에게 쉽게 읽을 수 있는 글이 되고, 어떤 사람은 아픔을 느낀다. 바로 이것이 좋은 글이 가지는 힘이다.

"글을 쓰는 사람은 평소에 문정(問情)과 문심(文心)을 기르지 않고 필단(筆端)의 재주에만 맡기면 문장에 품위와 진실이 깃들기 어렵다. 글 쓰는 사람은 문정과 문사(文思)에서 잠시도 떠나지 아니함으로써 속기(俗氣)를 떨치고 문아(文雅)한 품성을 기른다."
이는 수필가 윤오영 선생의 글이다. 읽으면 읽을수록 가슴에 와
닿는다.

# 글 쓰는 도구는 어떤 것이든 상관없다

작가들은 글을 쓸 때 원고지에 펜이나 연필로 쓰는 사람이 많다. 말이 몸에서 흘러나오고 그것을 종이에 새기는 과정을 느끼는 것이 좋다고 한다. 최인호 작가도 원고지에 펜으로 쓰는 것을 본 이어령 교수가 지금 시대가 어떤 시대인데 펜으로 쓰느냐며 컴퓨터로 글 쓸 것을 권유받았다고 한다. 바꾸어 보려고 애를 써도 잘 안 되더라는 고백을 그의 책 속에서 읽은 기억이 있다.

나는 컴퓨터로 쓴다. 처음에는 펜으로 쓰려고 했지만, 오른손에 이상이 생겨 손으로 글이 잘 써지지 않았다. 그때부터 더듬거리며 컴퓨터로 글을 쓰지만 불편한 게 조금도 없다. 이제는 컴퓨터를 켜고 자판 위에 손을 얹으면 피아노 연주자가 건반 위에 손을 얹고 연주를 시작하기 전과 같다. 깊은 호흡을 하고 마음으로 준비한 다음 몸에서 흘러나오는 생각을 피아노를 연주하듯 손가락으로 두드린다. 나는 늘 자판에 손이 갈 때마다 펜으로 글 쓰는 것은 그림을 그리는 일이고 자판을 두드리는 것은 피아노 연주를 하는 것과 같다는 생각이 든다.

　글 쓰는 도구가 어떤 것이든 상관없다. 펜이든 컴퓨터든 본인 마음에 따라 선택하면 된다. 어떤 것이든 글 쓰는 사람이 길들이기 나름이다. 오랫동안 길든 것에는 다른 사람이 함부로 건드릴 수 없는 그것만의 아우라가 있다.

# 구석기에서 청동기시대로

　내가 컴퓨터로 할 수 있는 유일한 것은 바둑 사이트에 들어가 바둑을 두는 것과 인터넷으로 신문이나 뉴스를 보는 것이 전부다. 인터넷도 좀 더 깊이 들어가다 보면 나중에는 무엇이 어떻게 되는지 분간을 못 하고 되돌아 나온다. 인터넷으로 바둑을 둘 때면 상황이 난감할 때가 있다. 바둑을 두다 상대가 말을 걸어 올 때는 기본적인 대화 내용이 들어 있는 단축키를 눌러 짧은 인사말 정도는 한다.

　그러나 뜻하지 않게 이야기가 이어지게 되면 독수리 타법으로 더듬거리는 실력으로는 상대와 대화할 수가 없다. 어쩌다 상대가 영어단어를 써 가며 대화를 청해 올 때는 더욱 난감하다. 한참을 더듬거리다 보면 상대는 기다리다 지쳤는지 '?' 표를 보내기도 하고 "모해요" 하며 놀려올 때면 제풀에 화가 나 바둑을 두다 말고 밖으로 나와 버린다. 화를 가라앉히고 들어가 보면 시간 초과로 1패를 기록한다. 아무리 인터넷으로 두는 바둑이라 하더라도 승부가 걸린 일에 속절없이 패하고 나면 속이 상한다.

당장에라도 학원으로 달려가 처음부터 제대로 배우고 타자 실력도 늘리고 싶지만, 오랫동안 그러질 못했다. 바둑을 둘 때 그 때뿐이었다. 지금까지 내 타자 실력으로도 글을 쓰는 데는 별 지장이 없었다. 그보다 더 중요한 것은 글을 쓸 때나 무엇을 필사하게 될 때 독수리 타법으로 너듬거리다 보니 속도가 느리고 천천히 쓸 수밖에 없었다. 이런 이유로 단어나 문장을 새기며 읽게 되어 머릿속에 오래 머물게 된다. 그사이 자연스럽게 내 속으로 들어와 차곡차곡 쌓이는 것을 실감했다.

열 손가락으로 능숙하게 자판을 두드린다면 눈으로 그냥 활자만 따라갈 뿐 내용이 무엇인지 알기 어려울 것이다. 두 손가락으로 두드리는 느림 때문에 많은 문장과 단어들이 소 되새김하듯 머릿속으로 들어오는 것이다. 그런 과정을 통해 스스로 글 쓰는 능력을 키우게 된다는 사실을 알게 되었다. 그런 이유로 타자만큼은 잘하고 싶지 않다.

지금은 글 쓰는 양이 많아지고 전과 달리 글의 내용에 따라 분류를 해야 하고 많은 자료를 컴퓨터에 저장해두어야 하는 일이 생겼다. 따라서 여러 가지 새로운 정보들을 메일로 주고받으며 때로는 내가 쓴 글을 다른 사람에게 보이는 일이 생기게 된다. 또 속해있는 단체가 운영하는 카페활동으로 자연히 글 쓰는 일이 많아졌다.

얼마 전까지는 글을 쓸 때 맞춤법이나 띄어쓰기를 스마트 폰이나 우리말 띄어쓰기 사전을 이용했는데, 글을 쓰다가 중간에 휴대전화로 단어를 검색하거나 사전을 찾는 일은 무척 성가시다. 그렇게 다른 일에 정신을 팔다 보면 글의 흐름도 끊어지고 그 순간에는 생각이 멈춰버려 오랜 시간 흐트러진 머릿속을 가다듬느라 애를 먹는다.

그러다 어느 날 우연히 작가 한 분과 점심을 먹던 중 이런 일과 관련된 이야기가 나왔다. 내 이야기를 들은 그 작가는 웃으며 요즘 그렇게 쓰는 사람이 어디 있어요. 인터넷에서 '한국어 맞춤법 검사기'를 내려 받아서 이용하면 되잖아요. 하는 것이다. 그 말이 내게는 얼마나 반가운지 심 봉사 눈뜨듯 정신이 번쩍 들어 집으로 돌아와 혼자서 해보니 할 수 있었다. 무슨 이런 일이 있나 싶고 너무 신기했다.

그렇게 글을 쓰다 보니 컴퓨터 한 대로는 글을 쓰며 동시에 그것을 이용한다는 것이 내 실력으로는 너무 갑갑하고 불편했다. 그래서 얼마 전부터 책상에는 컴퓨터가 2대다. 양쪽을 켜놓고 글을 쓰니 편했다. 그리고 컴퓨터에 능숙한 친구에게 부탁해 여러 가지 글쓰기에 필요한 기능을 배우고 한글 2,010도 깔아 놓았다. 이제 제법 메일도 주고받으며 개인 블로그도 만들어 놓았다.

그전까지는 복사, 붙여넣기, 저장, 이런 중요한 기능들을 몰라 얼마나 고생을 했는지 모른다. 저장 기능을 잊을 때가 많아 오랫동안 애써 쓴 글들이 날아가 버릴 때가 많았다. 그렇게 없어진 글들의 기억을 떠올리며 다시 쓰느라 오랜 시간 힘들었다. 그런데 신기한 것은 없어진 글보다 다시 쓴 글이 더 매끄럽고 좋아진다는 사실이다. 오히려 그것이 다행스러웠고 처음부터 다시 쓰는 글에 한층 더 집중하게 되었다. 어떤 선생의 가르침보다 이렇게 스스로 체득하며 배워가는 것이 훌륭한 글 쓰는 훈련법이 될 줄은 몰랐다.

그뿐만이 아니라, 아무것도 모를 때는 필요한 내용을 복사해서 원하는 곳에 붙여넣기를 하면 잠깐이면 될 일을 컴퓨터 양쪽을 켜두고 그 긴 글을 두 손가락으로 전부 옮겨 쓰는 기가 막히는 시간도 있었다. 하지만 돌이켜 생각해보면 그런 답답하고 굼벵이 같은 일들로 인해 많은 글이 두 손가락을 통해 머리로 녹아들어 왔다. 그것을 자양분으로 글 쓰는 능력이 키워지는 토대가 되지 않았을까를 생각하면 그것은 결코 부정할 수 없는 일이다.

요즘 들어 생각해 보면 지난날 내가 컴퓨터를 다루는 능력이 구석기 시대의 사람이었다면 지금 나는 확실하게 청동기 시대로 넘어오지 않았나 싶다. 어느 날 다른 사람이 하는 것을 보고 필요한 내용을 복사한 다음 내가 원하는 곳으로 붙여넣기를 스스로 성공한 날의 기쁨을 잊지 못한다. 뛸 듯이 기뻤다.

능숙한 사람들이 보면 웃을 일이지만 혼자 그것을 알아냈다는 것이 얼마나 큰 기쁨인지 그 발견 하나로 단숨에 청동기시대로 진입할 수 있었던 것을 생각하면 지금도 가슴이 설렌다. 기쁨이란 꼭 큰일에만 있지 않다. 사소한 이런 작은 기쁨이 사람을 참으로 행복하게 한다. 그것을 알게 된 다음부터는 컴퓨터 앞에 앉아 글 쓰는 일이 전보다 훨씬 즐겁다.

이젠 더는 전자나 원자시대로 가고 싶지 않다. 이 정도에서 머무르며 컴퓨터에 관한 기능에 더는 얽매이고 싶지 않다. 내 분수에 적당하다고 싶은 만큼만 알고 싶다. 젊은 시절에도 쓸데없는 것에 매달려 시간을 허비한 것을 생각하면 너무 아까운데 이제는 컴퓨터를 더 잘하기 위해 시간을 뺏기는 것은 정말 시간 낭비라는 생각이 든다.

세상은 시끄럽고 온갖 것들로 넘쳐난다. 알아야 할 것도 많고 배우지 않으면 안 될 일도 많다. 온갖 새로운 정보나 기기들로

북적거린다. 우리는 그것과 맞서 싸우는 것이 이기고 극복하는 방법은 아니다. 없애는 방법은 그것을 전체적으로 조화롭게 받아들여 욕심 부리지 않고 나에게 꼭 필요한 것만 받아들이는 것이다.

숲의 나무가 물을 빨아들이듯 그렇게 배워가며 청동기 시대에 진입했다고 자부하는 지금 구석기 시대를 사는 사람들에게 해주고 싶은 말이 있다. 해야 한다는 생각이 들 때 머뭇거리지 말고 도전해서 청동기 시대의 편리함과 즐거움을 빨리 느껴 보라고.

# 글쓰기와 음식 만들기

　내가 쓴 글을 보고 있으면 그중에서도 유난히 정이 가는 글이 있고 볼 때마다 마음이 편하지 못한 글이 있다. 편치 못한 글일수록 읽을 때 덜거덕거리며 걸리는 곳이 많아 집중이 안 된다. 언젠가 윤대녕의 단편소설을 읽으며 이런 글을 보았다.

　"신문에다 칼럼을 쓰고 만화도 게재하는 사람이 어느 날 그림을 그리다 직선을 그을 일이 생겼는데 그날은 손이 떨리고 자신이 없어 자를 대고 선을 그은 다음 그 위에 잉크를 덧입혀 그림을 그렸다고 한다. 독자들은 그것을 알 리가 없다. 하지만 작가는 그림에 자를 대고 선을 그은 부분을 볼 때마다 죄책감이 들었다고 했다. 손으로 그었으면 아무렇지 않았을 것이다."

　나는 요즘 글 쓰는 과정이 음식 만드는 일과 같다는 생각을 한다. 비유하자면 우리가 즐겨 먹는 곰국이라는 것도 소뼈를 가마솥에서 오랫동안 우려내야 진국이 되는 것처럼 글이 되는 과정도 오랜 독서와 더불어 깊은 사색과 자기의 인생체험이 맛 물려 끊임없는 노력 끝에 얻어지는 결과물이다. 그렇게 우러나온 생각이 글로 씌어 질 때 남이 보아도 좋은 글이 된다.

범종을 만드는 쇠에 다른 불순물이 섞이고 쇳물에 공기가 들어가 제 무게를 가지지 못하면 아름다운 소리를 기대하기는 어렵다. 마찬가지로 바깥에서 얻은 것을 내 안에서 숙성과정 없이 공들이지 않은 글은 어느 한 부분이라 하더라도 온전한 목소리를 못 내는 것과 같다. 배운 지식이 내 속에서 융합을 일으켜 다른 물질로 변하고 그것이 내 안에 쌓일 때 온전히 내 것이 될 수 있다.

그 과정은 갖은 나물과 양념이 뒤섞여 한 그릇의 비빔밥이 만들어지는 것과 같다. 글 중에 어느 한부분이라도 내 것이 아닌 것에는 유난히 그곳에 눈길이 가고 산고(産苦) 없이 낳은 자식처럼 낯설다. 언뜻 보아서는 내 것 같지만 남의 글을 빌려 와 대충 내 것 같이 만든 것이니 더 그렇다. 마치 잘 익어 맛있는 김장김치와 얼마 전 새로 버무린 김치의 차이처럼 숙성되지 않은 것은 언뜻 보아선 모르지만, 냄새를 맡아 보고 직접 먹어 보면 알 수 있다. 글도 충분히 숙성되고 발효된 다음 밖으로 나온다면 잘 익은 김치처럼 맛있다, 그렇게 쓴 글이 누구에게나 잘 읽히는 법이다.

전통 있는 맛 집에서 만드는 음식을 보면 만드는 재료들이 깨끗하고 정직하다. 거기에는 어떤 화학조미료도 들어가지 않고 재료끼리 서로 뒤섞여 버무려지면서 맛을 낸다. 그렇게 만들어진 음식에는 비록 한 그릇의 비빔밥이라 하더라도 사람으로 치면 아우라가 있다. 대를 이어 전해지는 것에는 만든 사람의 마음이 녹아있고 좋은 음식은 정성으로 만들어진다. 그러나 마음이 음식에서 빠져나가면 맛도 함께 없어져 버린다. 글을 쓴다는 것도 이와 다르지 않다. 온 마음을 쏟아 쓴 글은 잘 만들어진 음식처럼 오랜 세월 사람들에게 사랑받게 된다. 좋은 음식을 만드는 것과 글쓰기는 같은 것이다.

내가 글쓰기를 좋은 종소리와 비교했고 좋은 음식을 만드는 것과 비교를 하고 보니 과히 엉뚱하거나 틀린 비유는 아닐 것이다. 좋은 사람이 만드는 일, 음식도 사람이 하는 일이다. 글쓰기 역시 사람이 하는 일이라면 종과 음식을 만들고 정신을 다스리는 글쓰기는 어찌해야 하는가를 생각해야 한다. 새삼 부끄러운 생각이 드는 건 여태껏 내가 글 쓰는 일에 정성을 다하지 못하고 마음만 분주했다는 증거다.

세상 많은 사람이 귀하고 소중하게 여기는 것은 태어나고 만들어지는 이치는 거의 같다. 음식이든 물건이든 사람들에게 오랫동안 사랑받는 것은 어떤 경우에도 쉽게 만들어지는 법이 없다. 쉽게 얻은 것에는 절대 큰 기쁨이 따르지 않는다.

나는 요즘 글 쓰는 과정이
음식 만드는 일과 같다는 생각을 한다.
비유하자면 우리가 즐겨 먹는 곰국이라는 것도
소뼈를 가마솥에서 오랫동안 우려내야 진국이 되는 것처럼
글이 되는 과정도 오랜 독서와 더불어 깊은 사색과
자기의 인생체험이 맛 물려 끊임없는 노력 끝에 얻어지는
결과물이다. 그렇게 우러나온 생각이 글로 씌어 질 때
남이 보아도 좋은 글이 된다.

## 무엇이든 일을 하며 얻어지는 사유

혼자 방에 틀어박혀 글 쓰는 것보다 무언가 직업을 가지고 일을 하거나 여행을 하며 글 쓰는 것이 훨씬 좋다는 생각을 한다. 일을 하며 얻게 되는 사유는 몸으로 글 쓰는 일과 마찬가지다. 예컨대 우리가 산행하거나 산책을 하며 걸을 때 생각들이 명징하게 떠오르는 것을 경험할 것이다. 방에서 읽는 책 읽기는 머리로 읽는 것이고 걷는 것은 몸으로 하는 책 읽기다.

내 생각은 할 수만 있다면 다른 일을 겸하면서 글쓰기를 병행하는 것도 좋고 직업을 가지고 글 쓰는 것도 좋다고 생각한다. 아무 일 않고 혼자 틀어박혀 글 쓰는 것보다는 무슨 일이든 일을 하면서 얻는 체험이 글의 깊이를 더한다.

우리가 일을 하며 얻은 사유로 글 쓴다는 것은 삶의 체험을 있는 그대로 드러내는 것이기에 어떤 글보다 힘이 실려 있다.

"어떤 글쓰기 방법보다 앞서는 것은 작가의 삶의 무게 그 자체라는" 헤밍웨이의 말을 떠올리지 않더라도 작가의 삶에 대한 체험은 독자의 체험과도 같다. 삶이 묻어있는 진실한 글에 사람들이 감동하는 이유다.

# 시인 나태주 문학기행

매년 가는 문학기행 방문 장소를 공주에 있는 나태주 시인의 풀꽃 문학관으로 정하고, 점심때쯤 그곳에서 시인과 만났다. 오래전 시집을 읽어 시인의 숨결은 시를 통해 어느 정도 느끼고 있었지만, 직접 얼굴을 대하는 건 오늘이 처음이다. 조금 높은 곳에 있는 문학관 앞에서 입구로 들어서는 우리를 보고 반갑게 손 흔드는 시인은 멀리서 보아도 영락없는 이웃집 나이든 아저씨다. 작은 몸집에 순박한 농부 같은 웃음기 머금은 얼굴을 대하며 금세 마음이 편안해진다. 대가인양 무거운 기색도 없고 악수하는 손길은 부드럽고 따뜻하다. 문학관 구석구석을 살펴보고 큰방에 앉아 시에 대해 이야기를 하는 시인의 말을 가슴 가득 차오르게 들었다.

우리의 삶을 "가감승제(加減乘除)원칙"이란 비유를 들어 이야기하며, 시란 사람이 가장 싫어하고 어려워하는 감(減)하는 것이라고 하는 말에 우리 모두 고개 끄덕였다. 평생 쌓은 문학에 대한 체험을 이야기하는 시인의 모습을 보며, 사람과 사물을 왜 오래 보고 자세히 보아야 하는지를 알 것 같다. 자세히 보아야 예쁘다/오래 보아야 사랑스럽다/너도 그렇다./ 일본 하이쿠 같은 짧은 시는 가슴을 울리고 그것을 읽는 사람이 또 다른 시를 쓰게 한다. 그는 우리 모두에게 자신의 시집에 직접 쓴 시를 적어 일일이 서명한 다음, 책마다 조금씩 다른 사랑을 담아 나누어주었다.

검이불루화이불치(儉而不陋 華而不侈): 검소하되 누추하지 않고 화려하되 사치스러워 보이지 않는다는 유홍준 교수의 말이다. 교수의 체험으로 보고 느낀 모든 것을 여덟 자에 담아놓은 것이다. 바로 이것이 백제의 정신과 마음이고, 백제의 아름다움과 미학이라던 교수의 말처럼, 나는 이 말이 시인에게 어쩌면 이렇게도 들어맞을까 싶었다. 이 땅에서 탯줄을 묻은 우리 조상이 남긴 것이기에 여기에 있는 것과 그것을 만든 사람은 서로 다르지 않다.

내가 또 한 가지 굳게 믿는 것은 공주에서 거의 평생을 교직에 몸담은 시인은 옛 백제인의 기운을 고스란히 물려받았을 것이다. 백제의 연꽃무늬 벽돌처럼 기교 부려 화려하지도 않고, 소박해도 누추하지 않다. 시인의 모습은 푸른 하늘 무심히 비껴

흐르는 구름덩이 아래 누운 무령왕릉 봉분처럼 부드럽고 푸근
하다.

  공주는 한때 백제의 왕도였던 곳 아닌가. 오늘 뜻 깊은 이곳
에서 그와 오랜 시간을 함께하며, 내가 아는 만큼 보이고 아는
만큼 사랑하듯, 그렇게 시인을 알게 되었다. 나이 들수록 제 안
을 먼저 비우는 느티나무처럼…… 시인은 시내 한적한 골목 '루
치아의 뜰'이란 찻집의 홍차 맛 같은 사람이다. 참으로 많이 아
는 사람은 어리석어 보이는 사람이라는 노자의 말과 같이 자기
스스로 감(減)을 실천하는 사람이다. 이처럼 한 시인의 작품과
따뜻한 마음은 긴 그림자를 남기는 것이다. 시인은 공산성 성벽
같이 든든하고 오래 보고 자세히 보아야 모습을 드러내는 백제
인의 기상이 온 몸에 스며있다.

나이 들수록 제 안을 먼저 비우는 느티나무처럼……
시인은 시내 한적한 골목 '루치아의 뜰'이란
찻집의 홍차 맛 같은 사람이다.

# 이청준 문학기행

　안개비 오는 봄날 전남 장흥 이청준 생가와 소설의 바탕이 된 곳으로 문학 기행을 다녀왔다. 초등학생 시절 봄 소풍 가는 설렘으로 좁은 차 안에 가지런히 앉은 문우들이 오늘따라 어린아이 같아 보이고 표정들이 밝다. 마음 맞는 사람과 떠나는 여행은 늘 즐겁다. 차창 밖으로 보이는 들판은 연초록빛이다. 가지에 티눈 같은 움에서 막 삐져나오는 여린 잎은 깜찍하고 앙증스럽다. "아아 아름다워라 잎이 가지를 사랑하고 가지가 잎을 사랑하는 거" 김남조의 시구(詩句)처럼 숲 속 가지와 잎이 안개비 속에서 나누는 사랑의 밀어는 맑은 날 아지랑이처럼 피어오른다. 온종일 흐리고 실비가 내렸지만, 아직 움트지 않은 나뭇가지에 맺힌 물방울은 꽃보다 예쁘다.

　이청준, 그가 태어나고 자란 집을 둘러보고 어릴 적 기어오르며 놀았다는 느티나무 아래서 작가의 문학세계 그 언저리를 기웃거리는 것이 전부였지만, 나무 밑에 서서 작가를 생각하는 시간은 이청준의 어린 시절로 나를 데려가는 것이다. 나는 마음속에 어릴 적 추억을 찾아내어 그와 친구가 되고 함께 나무를 오르내리며 놀다 멀리 보이는 바다로 뛰어가 개펄에서 장난치는 생각을 하며 상상 속 그와 나는 마냥 즐겁다. 이참에 이청준의 문학세계 속으로 깊이 들어가 볼 생각이다. 우리에게 필요한 것은 이청준 문학에 대해 이미 내려진 결론이 아니라 작가의 소설에 대한 우리들의 사유방식 아닐까.

펑유란(중국철학사)에 이런 이야기가 있다. "옛날 어떤 사람이 신선을 만났는데, 신선은 그 사람에게 무엇을 원하느냐고 물었다. 그는 금을 원한다고 말하였다. 신선은 손가락으로 옆에 있는 돌멩이를 만지니까 그 돌멩이는 금방 금으로 변했다. 신선은 그 사람에게 가져가라고 하였으나 싫다고 하였다. 그러자 그 밖에 또 무엇을 원하느냐고 신선이 물었다. 그 사람은 "나는 당신의 손가락을 원한다."고 하였다는 중국의 이야기가 있다. 우리가 원하는 건 손가락이다. 내가 원하는 것도, 가슴을 쓸어내리면 생각이 글로 변하고, 컴퓨터 자판 위에 손을 얹으면 생각이 머리에서 가슴으로 내려와 선학동 개펄과 유채 밭 위를 학이 되어 날아오르게 하는 작가의 손가락이다.

오후에는 소설가이자 시인 한승원의 해산토굴에 들렀다. 입구

돌에 새긴 선경(禪境) 이라는 글이 주변 분위기보다 왠지 무겁게 느껴진다. 안에 있음에도 작가는 보지 못하고 눈으로 기념관을 둘러보며 서성거렸다. 주변 풍경이 이청준의 생가 마을보다 살갑게 다가오지도 않고, 보이지 않는 울타리가 둘러쳐진 것 같아 조금 서먹하다. 해산토굴이라는 곳도 외관은 아담하고 좋은데 나에게는 누에 집 같은 느낌이 든다. "달 긷는 집"이라는 시만 읽고 함께한 정목일 교수님과는 꽃나무와 검은콩 이야기를 하며 내려왔다. 집으로 오는 길 선학동 관음봉 아래 유채꽃에 파묻혀 노랗게 물든 마음과 뭇 꽃들의 향기와 문우들의 따뜻한 사랑으로 더는 바랄 게 없는 행복한 봄나들이었다.

나는 마음속에 어릴 적 추억을 찾아내어
그와 친구가 되고 함께 나무를 오르내리며 놀다
멀리 보이는 바다로 뛰어가 개펄에서 장난치는 생각을 하며
상상 속 그와 나는 마냥 즐겁다. 이참에 이청준의 문학세계
속으로 깊이 들어가 볼 생각이다.

# 인문학 1

사람들은 인문학이라고 하면 어떤 거창한 학문이나 철학 같은 것으로 안다. 일반인이 쉽게 다가가기 어려운 학문으로 알기 쉬운데 전혀 그렇지 않다. 머리 아프거나 어려운 것도 아니고, 고루하거나 이해하기 힘든 철학이 아니다. 어느 한 곳에만 매달려 파고드는 전문 분야의 학문도 아니다. 그것은 내 가족이나 내가 일하는 직장, 사회에서 만나는 많은 사람과의 관계, 이 모든 것 안에 인문정신이 들어있다. 내가 살아가는 일상이 바로 인문학이다. 인문학을 배우는 일은 삶을 여러 갈래로 바라볼 수 있게 하는 힘을 길러주는 도구를 갖게 한다. 그것은 자신의 삶을 어떤 각도에서 바라보느냐에 따라 그 크기가 달라지기 때문이다.

인문학이란 사람의 가치를 배우고 다루는 일이다. 우리가 공부하는 문학과 역사, 철학이 지금 당장 무엇을 해결하지는 못하지만, 우리가 어떤 태도로 세상을 살아야 하고 어떤 자세로 밥을 벌어야 하는지를 일깨워 준다. 그리고 계속되는 삶에 어떤 가치를 지향하고 고민해야 하는지 알게 한다. 그 배움을 통해 내가 무엇을 할 수 있고 어떤 것을 할 수 없는지를 깨닫게 된다.

그런 앎의 힘이 바로 내 삶의 바탕이라는 인식이 없으면 우리는 세상을 하루살이처럼 살아가는 것이다. 인문정신을 갖춘다는 것은 그저 품위 있는 학문이나 교양을 습득하는 것이 아니라 내가 어떤 세상에 살고 있는지, 어떤 세상을 살아야 하는지를 사유하게 하는 정신 능력을 키우는 일이다. 만약 세상과 사람과의 관계에서 내가 어떤 존재이며 그 안에서 어떻게 살아야 하는지를 알지 못한다면 하루 벌어 하루 먹는 삶처럼 서글프다.

우리가 인문학적 소양을 갖춰야 하는 이유는 내가 내 삶을 살기 위해 건강한 지배력을 갖기 위해서다. 당당하고 꿋꿋한 모습으로 자기 인생을 끌고 가야 한다. 인문의 힘은 인생길을 가다 나를 그릇된 길로 빠지지 않게 하고 건전한 정신으로 사물과 사람을 바라보게 한다. 다시 말해 물질에 대한 유혹과 돈에 대한 굴종 의식에서 벗어나 자신을 지키고 사람다운 삶을 살게 하는 힘을 얻게 하는 것이 인문학이다.

남과 비교하지 않고 내가 나의 주인으로 살며 내 존귀함을 누구로부터도 침해받기 싫다면 인문학 서적을 꾸준히 읽으며 내면의 힘을 키워야 한다. 책을 벗 삼으면 그 벗들은 생각지도 못한 곳으로 나를 데려가고 전에는 알지 못했던 또 다른 세계로 자신을 초대하는 일이다.

어떤 이는 먹고 살기도 바쁜데 책 읽을 시간이 어디 있느냐고 할지도 모른다. 하지만, 내게 사랑하는 사람이 생기면 아무리 바빠도 만날 시간이 나듯, 내가 좋아하면 시간은 저절로 만들어진다. 모두가 본인 마음이다. 지금 행복한 사람이 나중에 행복하기 쉽고 지금 못하면 나중에도 못하는 법이다. "때가 되면, 조금만 더." 하며 머뭇거린다면 기회가 사라질 것이다.

이것을 알 때가 가장 빠를 때이고, 바람이 불 때 연을 날리기 쉽듯, 나에게 강한 바람이 불어올 때 날아올라야 한다. 인문학은 나를 발견하는 기나긴 여정이다. 인생에서 최고의 공부는 학교나 사회에서 배우는 것이 아니라 "스스로 자기를 가르치는 것"이라고 한 어느 서양철학자의 말을 기억하자.

인문정신을 갖춘다는 것은
그저 품위 있는 학문이나 교양을 습득하는 것이 아니라
내가 어떤 세상에 살고 있는지,
어떤 세상을 살아야 하는지를
사유하게 하는 정신 능력을 키우는 일이다.

# 인문학 2

　지금 서양이나 다른 곳에서 동양사상을 주목하는 이유가 있다. 사람이란 궁극적으로 개인의 존재만이 아닌 다른 사람과의 관계에 의해 자신의 존재를 찾는 관계론 적 철학 때문이다. 우리가 철학을 알아야 하는 이유는 동서양 철학자들의 말이 오늘 바로 우리 곁에 한시도 떨어지지 않고 살아 숨 쉬고 있기 때문이다. 동서양을 막론하고 사상가들이 한 말은 한편의 짧은 시 (詩)와 같다.

　이를 태면 인간을 향해 은유와 상상, 때로는 직접적인 삶의 깨달음과 인간 존재의 허무와 고독을 이야기한다. 옛 철학자의 이야기를 한편 시라고 이야기한다면 시라는 것은 영원한 것과 순간적인 것을 동시에 표현하는 것이고, 철학자는 영원과 순간이 뒤섞여 함께하는 삶을 사유하고 설명하는 사람이다. 철학자의 말은 무엇을 듣는가가 아니라 어떻게 듣는가가 핵심이다. 철학자가 말한 의도와 조금씩 다르거나 아니면 완전히 대비되는 말로 새로운 의미와 해석을 부여하고 그 말을 새롭게 탄생시키는 것은 오직 지금을 사는 사람 몫이다.

철학은 관념이 아니라 실천하는 삶의 방식이다. 철학적 사유는 나를 사회와 연대시킴으로 보편적인 나 자신을 찾는 것이다. 그리고 서양사상의 원천은 사유지만 동양사상의 원천은 사람과 사람 사물 사이의 구체적인 세계에 대한 경험이다. 우리가 철학과 인문학을 공부하고 알아야 하는 이유는 우리 일상에서 일어나는 수많은 일에 대한 선택의 과정에서 무엇을 택하고 어느 것을 버려야 할지 제때 결단하고 제대로 결정하기 위해서다.

인간에게는 타고난 한계라는 것도 있고 포기하지 않으면 안 되는 것이 있다. 내가 할 수 없는 일을 포기할 수 있게 하는 것이 인문학의 힘이다. 따라서 공부의 가장 큰 성과는 결정적인 순간을 맞닥뜨렸을 때 평정심을 잃지 않고 후회하지 않을 결정을 내리기 위한 내면의 힘을 키우는 일이다. 우리가 철학과 인문의 정신을 키워야 하는 이유가 여기에 있다.

인문학의 기능은 삶의 가장 근본적인 가치에 대해 성찰하는 것이다. 어려운 학문이 아니라 우리 일상이 바로 인문이다. 죽음의 문제처럼 평소 관심을 두지 않는 인간 본질에 대해 깊이 성찰하고 근본으로 돌아가게 하는 궁극적인 관심을 일깨워주는 것도 인문학 아니겠는가. 그것은 인간의 품위를 높이고 삶을 의미 있게 하는 데 없어서는 안 될 가치가 무엇인지 사유하고 탐색하게 하는 생각하는 힘을 키워주는 것이라 믿는다.

우리가 철학과 인문학을 공부하고 알아야 하는 이유는
우리 일상에서 일어나는 수많은 일에 대한 선택의 과정에서
무엇을 택하고 어느 것을 버려야 할지 제때 결단하고
제대로 결정하기 위해서다.

# 스승들의 무언(無言)

　내가 스승이라고 일컫는 것은 스승 없는 내가 스승을 찾아내는 방법이다. 내 마음먹기에 따라 내가 타는 버스도 스승이 되고 매일 먹는 밥 한 그릇, 심지어 매일 가는 화장실에서 온갖 생각을 떠오르게 하는 내가 앉은 변기도 스승이다. 그중에서도 가장 큰 스승은 내가 하는 일이다. 일하며 얻어지는 사유를 모아 글 쓰고 사색하는 일은 어떤 스승보다도 소중하다. 불교에서 말하는 "깨치고 보면 세상 어느 것 하나 부처 아닌 것 없다."고 했듯이 배우려는 마음만 있다면 세상 어느 것 하나 스승 아닌 것이 없다는 말과 같다.

　글을 쓴다는 것은 삶의 기쁨이다. 나는 아무것도 없이 시작했고 글 쓰는 작가가 된다는 생각도 하지 않았다. 그만한 자질도 없을뿐더러 그런 꿈같은 일은 내게 오지 않을 거로 생각했다. 어찌 되었든 운이 좋아 글은 쓰게 되었지만, 그렇다고 언감생심 무엇이 되고자 하는 욕심은 없다. 한 가지 바라는 게 있다면 내가 쓴 글을 많은 사람과 소통하고 싶은 바람은 있다.

그 꿈이 아무리 어려워도 내 삶에 의미 있는 일이라는 확신이 든다. 그러기 위해 때때로 나약해지려는 나에게 "난 할 수 있다."는 자기기만을 할 필요가 있다. 남을 속이지 않는 한 수없이 나를 속여도 좋을 것이다. 다가올 새로운 삶을 위해 무엇인가를 준비한다는 것만으로도 나에겐 축복이다. 그러니 지난날을 생각하며 자책하며 낭비할 시간도 없다. 철학자들은 사람은 스스로 인생을 돌아보는 유일한 종(種)이라 하지 않았는가.

뿌리 뽑힌 것은 흔들리지 않는다. 내가 언젠가 읽은 황동규 시인의 시 구절이다. 그것이 죽은 나무나 풀이라 해도 좋고 사람이라 생각해도 좋다. 거기에 생각을 더 깊이 한다면 노자(老子)의 말(산 것은 부드럽고 죽은 것은 단단하다는 말)을 떠올리는 것도 괜찮다. 내가 바른 의식을 가지고 살아있다는 것을 안다는 것은 뿌리 뽑혀 누워있지 않고 진정으로 살아 있어 내 삶을 사랑한다는 증거다. 올바른 방식으로 자신을 사랑하지 않는 사람은 다른 사람 역시 올바르게 사랑할 수 없다. 자신을 사랑하는 것은 세상과 또 다른 어떤 것을 향한 사랑이니까.

내가 만난 스승들로부터 내 꿈을 위해 선배 문인들과 함께해도 좋다는 무언의 승낙을 받았다. 언제부턴가 늘 조급하게 서두는 나에게 어디 한 번 뜻을 펼쳐보라며 내가 끄는 수레를 뒤에서 밀어준다는 것을 나는 알고 있다. 때로는 눈빛만으로도 수천 마디의 말보다 많은 것을 이야기한다. 사람은 살면서 입을 다무는 게 훨씬 이로운 여러 상황과 마주하지 않는가.

중요한 것은 말보다 행동에서 그 사람의 확신이 뚜렷하게 드러나는 법이고, 말로 사랑을 전하는 것보다 온 몸으로 느끼는 말 없는 침묵이 훨씬 깊게 남는다. 늦게나마 가는 길 수월하게 가라고 격려하는 스승들이 고맙다. 항상 자기만을 생각하고 사적인 이익만을 추구하는 사람은 책임을 다하는 인생을 살 수 없다. 자기를 위해 살고 싶다면 다른 사람을 위해 살아야 한다는 것을 말 없는 스승들을 통해 배운다.

다가올 새로운 삶을 위해
무엇인가를 준비한다는 것만으로도 나에겐 축복이다.
그러니 지난날을 생각하며 자책하며 낭비할 시간도 없다.

평전을 읽는 것과 독후감 쓰는 것

서점에 가면 어릴 때부터 우리에게 익숙한 사람들의 수많은 평전이 있다. 어떤 것을 골라 읽던 상관없이 평전을 읽는 것은 옛사람이 남긴 발자취를 따라가며 평전 속에 그의 마음과 시대를 헤아려보는 일이다. 그 시대 속으로 들어가 그의 마음이 되어보고 그의 처지가 되어 내 마음을 돌아보는 기회이기도 하다. 때로는 옛사람이 내 귀에 대고 속삭이는 말을 듣는 시간은 그의 삶을 대신 살아보는 상상속의 나와 함께할 때도 있다. 평전을 읽으며 세월의 간극(間隙)을 뛰어넘어 가슴 뛰는 공명이 가능한 까닭은 평전을 읽는 시간은 평전 속에 그와 내가 함께 할 때 얻어지는 경이로운 체험 때문이다.

나는 이런 사유의 원천을 동서양을 가리지 않고 읽은 평전 속에서 얻는다. 평전을 읽는다는 것은 내가 책 속으로 들어가 평전속의 사람이 되어 나와는 전혀 다른 그들의 삶을 살아보는 일이기도 하다.

독후감은 우리가 하루의 일을 끝내고 일기를 쓰듯 책을 읽고 읽은 감상을 쓰는 일이다. 읽은 다음 꾸며낼 것도 줄이거나 덧붙일 것 없이 자기가 읽으며 느꼈던 마음을 있는 그대로 드러내면 된다. 글쓰기에 이것만큼 좋은 학습이 또 있을까. 독후감을 쓰다보면 읽는 과정에서 중요한 부분이나 기억하고 싶은 문장과 책속에 담긴 작가의 사상을 공유하는 일이다.

그와 더불어 독후감을 쓰기위해 정독하며 천천히 읽게 되고 그러면서 작가의 문장이나 문체, 글쓰기의 방법이 자기도 모르게 내 안으로 스며든다. 무엇이든 우리에게 소중한 것은 한 순간의 점핑이나 도약이 아니라 작은 것들이 한 켜 한 켜 쌓여 만드는 온축(蘊蓄)의 결과다. 이런 말도 있지 않은가. 좋은 책 읽기는 그냥 읽는 것이 아니라 읽어내는 것이라고.

# 다윈 평전을 읽으며

　내 삶과 문학에 커다란 감명을 준 고전이 많지만, 세월이 지나 다시 읽는 책 가운데 나를 빠져들게 만든 건 『찰스 다윈 평전』이었다. 이 책은 인간의 흔적이 무엇임을 알게 하고 삶의 뿌리가 무엇인지 내가 삶을 제대로 살도록 그에 맞는 도구를 쥐여주고 변화의 틀을 만들어주었다. 일과 인생 모든 것에 더 충실한 삶을 살 수 있도록 나를 이끌었다. 오랜 시간 공들여 다윈 평전을 읽었다.

　생로병사를 순차적으로 겪으며 희로애락이 함께한 다윈의 일생은 참으로 인간적인 인간의 이야기다. 산다는 것은 자기 연소 같은 것, 남이 태워주는 것이 아니라 자신이 타서 재가 되는 것이다. 타다 만 것은 추하다. 활활 타올라 남김없이 태운 뒤 하얀 재가 되어 바람에 날리는 모습은 아름답다. 다윈의 삶이 그러한 것은 우리가 그를 생각할 때 경배하듯 바라보고 생각하기 때문이다. "이 남자만큼 인간과 인간의 지적 생활을 완벽하게 지배한 사람은 없을 것"이라고 전했던 그 당시 신문 〈타임스〉의 말처럼……

다윈은 『변이』라는 책을 저술할 때 사람의 표정이나 제스츄어에 관한 연구를 하며 설문지를 만들어 해외에 있는 사람과도 편지를 주고받는데, 문명사회에 사는 사람들이나 원시 부족 사람 모두 "아니요"라고 할 때는 고개를 가로저었다는 기록이 있다. 그렇다면 반대로 옳다고 했을 때는 고개를 끄덕였을 것이다. 슬프면 울고 기쁘면 웃는 것도 마찬가지다. 이런 표정은 인간이면 누구라도 알아볼 수 있는 보편적인 것이고 인간의 공통 언어다.
현대와 원시를 관통하는 인간의 기본적인 생존 본질은 밥과 똥과 잠이듯이 공통된 또 하나의 표정은 희로애락의 표정이다. 이것만큼은 더 나은 것으로 진화할 수 없는 것들이다. 이처럼 다윈은 모든 인류의 고개를 끄덕이게 했다.

평전에는 다윈의 삶 구석구석에 인간이 가진 공통의 표정들이 고스란히 담겨있다. 가족과 주변 사람들의 삶과 죽음 질병과 늙음이 들어있다. 다윈이 무엇보다 소중하게 여기는 가치관은 바로 가족이라는 사실도 내가 나를 돌아보게 하고 비뚤어진 나의 가치관을 바로잡는 계기가 되었다. 거기에 동반하는 슬픔과 기쁨, 분노와 즐거움을 다윈의 인생을 통해 큰 거울을 들여다보듯,

인간의 만 가지 모습이 숨어있다. 평범한 시골 출신인 다윈은 자신의 노력으로 인간의 지성이 얼마만큼 진화할 수 있는지 가르쳐주었고, 인간으로서 할 수 있는 최고의 진화를 보여주었다.

다윈의 흔적은 넓은 숲 속 거대한 나무화석의 모습을 보는 것 같다. 세상 몇 안 되는 사람의 위대함에는 타고났다거나 외부의 어떤 힘이 아니고 한 인간이 자기가 자기를 만들어가는 진화의 역사다. 마지막까지 연구에 몰입했던 다윈의 삶은 모든 생물과 인간은 흙에서 나서 흙으로 돌아간다는 진화의 맨 마지막을 이야기한다.

한 인간이 어떻게 살아왔는지, 어떻게 해서 사람들에게 경배의 대상이 될 만큼 위대해졌는지, 그 시대로 돌아가 그의 삶과 함께하며 호흡하는 것만으로도 책을 통해서나마 내가 누릴 수 있는 행복이다. 고개 들어 내 갈 길을 바라보면 진화해야 할 시간이 많이 남지 않았다. 시간은 강력하면서도 동시에 허무한 것이다. 나는 내게 남은 시간 동안 나는 얼마만큼 진화할 수 있을까.

문명사회에 사는 사람들이나 원시 부족 사람 모두
"아니요"라고 할 때는 고개를 가로저었다는 기록이 있다.
그렇다면 반대로 옳다고 했을 때는 고개를 끄덕였을 것이다.
슬프면 울고 기쁘면 웃는 것도 마찬가지다. 이런 표정은 인간이면
누구라도 알아볼 수 있는 보편적인 것이고 인간의 공통 언어다.

# 이어령 교수와 나

　늙어서 아름다운 것은 단풍뿐인 줄로만 알았는데 사람도 나이 들어 아름다울 수 있다는 것을 나는 그를(이어령 교수) 통해 알았다. 여든이 넘은 나이에 삶에 대한 열정은 젊은 우리를 부끄럽게 한다. '사무엘 울만의 청춘'이란 시를 떠올리지 않아도 그는 이미 20세 청년이다. 사람 한평생을 어떤 모습으로 어떻게 살아야 하는지 그의 평생 모습을 바라보는 것 그 하나만으로도 우리를 가르치고 남는다.

　한때 실망한(문화부 장관으로 있던 시절) 적이 있었으나 본인의 말대로 광야에 집을 지으러 가는 목수의 모습을 보이며 임기를 마쳤다. 그로 말미암아 다른 사람을 힘들게 하지 않았고 자기를 더럽히지 않았다. 오히려 한 번 더 그를 쳐다보게 되고 실망감으로 처진 내 어깨를 추스르게 만들었다.

　저렇듯 인생을 산다는 자체와 삶을 즐기는 질박함이 여든이 넘은 나이에도 자신의 영혼을 솥아 부어 책을 쓴다는 것은 우리를 감동하게 하는 그의 힘이다. 자기가 못하는 일에 무리하거나 억지 부리지 않고 세월의 결 따라 산다는 것이 얼마나 위대하고 소중한 것인지 그를 통해 깨닫는다.

사람들이 어려워하는 일을 그는 너무 쉽게 한다. 그것은 아마 대부분 사람이 쉽게 생각하는 일을 어려운 것으로 받아들이는 신중함 때문일 것이다. 많은 사람에게 한사람의 인간으로서 가치를 높이 평가 받는 것, 자기 스스로 존경받을 태도를 보이는 것은 어떤 사랑과 운명보다 강력하다. 교수와의 만남은 내가 어떤 삶의 길을 가야 할지를 각인시켜준 특별한 만남이었다.

내가 맨 처음 읽은 책이 『이마를 짚은 손』이고 근래 마지막으로 읽은 책은 『지의 최전선』이다. 내가 유일하게 소설가가 아닌 사람의 젊을 때 모습과 중년의 모습, 그리고 마지막 노년의 모습까지 곁에서 책을 통해서나마 지켜볼 수 있었던 사람이 이어령 교수다. 그것은 나 스스로 스승을 만드는 일과 같았다. 그리고 그가 쓴 책은 나에게 작은 학교나 다름없었다.

온갖 장르를 넘나드는 그의 책을 읽으며 많은 것을 알게 되었고 책을 통해 배우는 지식은 이자가 이자를 새끼 치듯 수많은 것들을 내 안으로 물고 들어왔다. 그런 것 하나하나가 내 안에서 싹을 틔우고 줄기와 잎이 자라서 지금의 나를 만든 것이나 다름없다. 또 그것은 시간이 흐를수록 무슨 부적처럼 내 몸에 날개를 달아주었고 내가 문인의 꿈을 꾸게 했다.

한 사람의 인생을 거울삼아 그것을 내 스승으로 여기며 산다는 것은 한정된 틀 안에서 한 사람의 스승에게서 배우는 것보다 더 많은 것을 배울 기회이자 행운이다. 세상을 스승으로 삼아 배우는 것은 우물서 나와 넓은 호수를 보는 것과 같다. 또 한 가지 소중한 배움은 그의 책을 읽는 것은 나중에 읽게 될지도 모를 평전을 읽는 것이나 다름없다.

책을 읽으며 많은 것을 알게 되었고
책을 통해 배우는 지식은 이자가 이자를 새끼 치듯
수많은 것들을 내 안으로 물고 들어왔다. 그런 것 하나하나가
내 안에서 싹을 틔우고 줄기와 잎이 자라서
지금의 나를 만든 것이나 다름없다.

# 발원

−김선우

참 오랜만에 성주사에 갔다. 절 밖으로 나오다 입구 게시판에서 책제목을 보았다. 성주사는 내가 사는 것이 힘들고 외로울 때 삶의 의지 처였고 내 삶을 추동하는 힘이 되었던 곳이다. 원효 스님의 이야기라 읽고 싶었다. 그 길로 책을 사서 사무실 의자에 앉아 읽어내려 갔다.

원효의 소년 시대 이야기가 사실이든 아니든 그것을 해석하는 것은 우리의 몫이다. 살구나무 밑에서 배고픔으로 은 한 덩이에 딸을 노비로 팔아야 하는 서라벌의 현실을 직접 목격하며 원효는 인간 존재에 대한 깊은 회의를 느꼈을 것이다. 참으로 볼품 없고 한심한 자신의 모습에 절망하며 산을 헤매다 수많은 부처상을 만난다. 야신의 계략으로 척후병으로 간 적진 속에서 타고

온 말을 죽이며 한 마리 비둘기의 생명과 사람의 생명이 같은 무게임을 원효를 통해 생명의 소중함 또한 다 같다는 것을 깨닫는다. 전쟁터에서 본 숱한 죽음과 사람이 사람을 죽이는 참혹한 전쟁터에서 미움 없이 살 수 있는 땅을 찾겠다며 죽어가는 적군 소년을 업고 가는 그에게 부처의 싹을 보는 것이다.

살생이 싫어 진검을 잡지 않은 원효는 "너는 화랑이 아니고 스님이 되라."는 숙부의 말대로 살생하지 않아도 되는 조국을 만들기 위해 황룡사로가 그 많은 경전을 읽으며 공부에 전념한다. 다른 한편으로는 스승 혜공과 함께 저잣거리에서 만난 요석에게 마음 일렁이는 한 사람 청년이다. 이렇게 사람 안에 부처와 중생이 함께하는 것, 희로애락이 함께하는 원효는 아름다운 중생의 모습이다.

진리의 삶이라는 것이 저 먼 곳 아득한 설산 아래 있는 것이 아니라 바로 눈앞의 산자락 그늘 밑에 있는 것임을 깨달은 원효는 부처의 삶으로 자신의 삶을 채우고 싶다는 일념으로 약하고 그늘진 곳으로 내려가 중생과 함께한다. 황룡사 부처님 위에 올라간 소녀를 구하기 위해 자신을 부주지 발아래로 낮춘 원효는 수많은 대중이 지켜보는 가운데 "지금 느낀바 그대로입니다. 모든 것이 전생 업의 결과여서 지금의 모든 행동이 전생에 규정된 것뿐이라면 인간이 스스로 수행하고 노력하는 것은 아무짝에도 쓸모없고 부처님 법에서 거리가 멀다."라며 부 주지를 향한 일갈은 듣는 이를 잠에서 깨우는 죽비소리다.

나는 불심즉하심(佛心卽河心)이라는 말을 좋아한다. 부처님의 마음은 하심이고 저 깊은 곳으로 내려가는 마음 언제나 상대의 밑으로 내려가라는 이 말이 진정 동체대비(同體大悲)부처님 말씀이다.

"붓다여 이 사람 속에서도 부처를 볼 수 있어야 합니까." 말로 다 할 수 없는 극한의 고통 속에서 죽은 소녀를 생각하며 나도 죽고 싶다고 말하는 원효는 자신이 부처를 닮고자 하면서도 목숨을 나누어 누군가를 살리고자 해본 적이 없다며 극한의 상황에서도 자기를 돌아보고 자책하는 마음이 부처의 마음 아닐까. 야신의 무자비한 고문으로 죽음 직전이던 원효를 스승과 요석의 간절한 기도가 물질의 파동과 맞물려 살려낸 것은 스승과 요석의 몸을 나누는 끝없이 깊은 사랑이다.

요석은 원효에게 방해받지 않고 수행자의 길을 갈 수 있는 도반이자 은애하는 이로써 자타일시성불도(自他一時成佛道)의 삶으로 승화시켰다. 요석공주에게 "너는 내 심장 속에 있다."고 말하는 보현랑도 지금 우리가 꿈에서라도 그리워해야 할 사람의 모습이다. 때 묻지 않은 마음으로 한 사람을 지극정성으로 사랑하는 것은 부처의 사랑과 다를 것이 없다. 부처를 사랑하는 것과 부처가 필요한 사람을 사랑하는 것은 결국 하나라는 불일불이 (不一不二) 라는 말……

멀쩡한 일주문을 벗겨 내고 여기에 칠할 금으로 먹을 것을 바꾸어 굶주린 백성에게 나누라는 원효의 말은 지금 우리 위정자들이 새겨들어야 하는 말이다. 첨성대가 있는 비두골에 있었던 일들은 백성과 여왕이 함께한 일마저 현실처럼 가슴에 와 닿는다. 부와 권력을 가진 서라벌의 강자들과 미천한 삶을 사는 약자들을 동시에 만나며 뒹군 지 몇 년…… 첨성대의 준공으로 세상을 바꿀 수 있다는 희망을 보았다며 "승리하소서. 스스로와의 싸움에서 끝내 이기소서." 여왕에게 이 말을 끝으로 구도의 길을 향해 서라벌을 떠나는 원효에게 작은 부처의 모습을 본다.

이것이 상상으로 지어낸 이야기라 하더라도 사람이 만든 이야기 속에는 우리가 적용할 수 있는 현실이 있고 공감하며 실천할 수 있는 교훈이 담겨 있는 것이다.

자신이 살리려고 한 백제군 병사에 의해 숨을 거두기 직전 스승을 안고 있는 원효에게 "백번이라도 살리려 애써야 옳다."라는 말을 남기고 자신의 육신을 빠져나가는 혜공은 이미 부처가 되었다. 수행자의 길은 길을 가는 그 과정이 전부다. 어디를 가느냐가 아니라 어떻게 가느냐가 중요하다.

부처의 상에 얽매여 경전 속에서 찾는 것은 공허하다. 수많은 경전 안에 있는 부처의 마음을 못질한 관속에 집어넣고 시주받은 것으로 배부른 불법으로는 부처님을 절대로 못 만난다. 부처는 깨달은 후 평생 걸식하며 중생들 속에 살았다. "소타고서 소 찾는 중생이 사방에 가득하다."는 소설 속의 말이 지금 어리석은 우리에게 너무 가깝게 들린다. 사회의 밑바닥에서 그늘지고 소외된 하층민과 평생을 동고동락한 원효는 부처의 평생과 닮았다.

원효와 요석의 사랑은 사람이 나눌 수 있는 가장 높은 경지의 사랑이 아닐까. 신과 의사랑 그들이 나온 침묵의 세계와 그들이 들어갈 침묵의 세계에서 만나는 그 접점(接點)의 경계에서 할 수 있는 사랑이다. 요석을 등 뒤에서 가만히 품에 안으며 "파하되 파함이 없고 그대가 나의 스승이고 그대가 나의 붓다라고 이야기하며" 이것이 새로운 삶의 전환이라 말하는 원효를 통해 부처와 중생은 하나임을 말해준다.

원효를 생각하면 가장 먼저 떠오르는 것은 당나라로 가다 해골에 담긴 물을 마시고 깨달음을 얻은 다음 했던 "일체유심조"라는 그 말에 내가 원효를 아는 전부가 얽매여 있는 것이다. 그

것이 원효의 전부가 아니고 구도자가 길가는 한 과정임을 이 책
은 그 상을 깨고 나오는 실마리가 되었다. 길이란 사람이 걸어
만들어진 것이고 사람의 역사란 그가 살아온 하루하루가 쌓여
만든 것이라면 김선우가 쓴 이 소설은 온전히 자신의 삶을 살아
낸 사람이 아니면 쓸 수 없는 글이다. 글속에는 작가의 불심과
삶의 철학이 용광로 쇳물처럼, 부처의 마음으로 고스란히 녹아
있다.

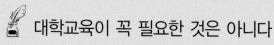 대학교육이 꼭 필요한 것은 아니다

대부분 사람은 대학은 성공한 사람이 되려면 반드시 거쳐야 하는 관문으로 생각한다. 대학교육은 좋은 도구와 수단은 될 수 있지만 성공을 꿈꾸는 모든 사람에게 필수는 아니다. 지금 자기가 하는 일이 대학교육 없이도 가능하다면 바로 시작해도 좋다.

예전과 다르게 학벌이 성공에 중요한 요소가 되지 못하고 대학교육이 꼭 필요 없는 까닭은 누구나 장소에 구애받지 않고 마음먹으면 대학지식을 얻을 수 있다는 점이다.

아래의 글은 정선주의 『학력파괴자들』이란 책과 여러분야의 책을 읽으며 메모해둔 글이다. 학력사회의 패러다임이 흔들리고 있다는 것은 어제오늘 일이 아니다. 우리는 다가올 세상을 정면으로 바라보며 당당하게 받아들일 줄 아는 자신감 넘치는 사람이 되어야 한다.

정선주의 책 학력파괴자들이란 책을 읽고 메모한 것을 옮긴다. 독자에 따라 각자 다른 생각을 하겠지만, 대학을 나오지 못한 나는 이 책을 읽으며 마음에 와 닿는 부분이 많았다. 책을 읽지 않은 독자라면 혹시 내가 쓴 책을 읽으며 메모하는 사람이 있을지도 모른다는 생각은 나 혼자 생각은 아닐 것이다.

관성의 법칙에 따라 탄력 받은 물체처럼 갈수록 빠르게 달라지는 세상이다. 우리가 따라가지 못하면 세상과 금방 멀어진다. 관성의 법칙이란 움직이든 물체는 계속 움직이려 하고 가만히 있는 물체는 가만히 있고 싶어 하는 것을 말한다. 우리에게 딱 한 번뿐인 인생이다. 멈추지 말고 조금씩이라도 움직여 저 세상 밖으로 날아가는 꿈을 꾸면 안 될까.

세계에서 가장 영향력 있는 경영 구루(guru)인 세스고딘은 저서『린치핀』에서 우리가 평범함에서 벗어나지 못하는 이유 중 하나는 학교와 시스템에 의해 세뇌 당했기 때문이라고 주장한다.

　　그의 주장대로 우리는 태어나기 전부터 사회가 만들어 놓은 제도와 관습을 아무런 의심도 없이 받아들인다. 사회와 학교는 '나'라는 개인에게는 관심이 없다.

　　대학 중퇴는 내 인생 최고의 결정이었다. 학교에서 뛰쳐나와 세계적 기업을 세운 억만장자들은 하나같이 "사회에 나와 진짜공부를 할 수 있었고 일찍 시작했기 때문에 성공할 수 있었다."고 말한다.

　　똑같은 프레임 안에서 똑같은 내용으로 교육받은 사람들과 경쟁하는 삶은 앞으로 전혀 승산이 없다. 기존의 프레임을 벗어나 자신의 잠재력을 발견하고 열정적으로 꿈을 좇아야한다. 그래야 자기만의 창조성을 발휘할 수 있다.

학벌이 성공에 중요한 요소가 되지 못하는 이유로 크게 두 가지를 들 수 있다.

　　첫째. 누구나 장소에 구애받지 않고 대학 지식을 얻을 수 있다.

　　둘째. 이렇게 달라질 미래를 위해 우리는 어떤 학교를 가야 하는가가 아니라 어떤 자질을 길러야하는가에 대해 고민해야 한다.

　　우리 자녀들의 미래는 정답이 있는 교과서, 또는 누군가가 발견한 내용을 외우는 식의 학습에 있는 것이 아니다. 아이들의 미래는 그들이 꿈꾸는 대로 만들어 진다. 그러니 학교에서 요구하는 학습능력과 타협하는 실수를 저지르지 말라. 부모가 해야 할 일은 아이가 어린 시절에 품었던 상상력과 호기심을 고수하도록 지원하고 지지해주는 것, 그래서 자기 삶의 감독으로 스스로 살게 해주는 것임을 기억하자.

　　학벌을 놓으면 아이들은 자신의 꿈을 발견할 수 있다. 학력이라는 제한된 프레임에서 벗어나면 오로지 하나의 길이 아니라 1,000개의 길이 열려있음을 깨닫게 된다. 우리의 아이들은 껍데기뿐인 학벌보다 자신이 하고 싶은 일에 도전하며 자기가 진정 살아있다고 느낄 수 있는 삶을 살아야 한다.

중졸 학력으로 세상과 부딪치며 생존을 위해 닥치는 대로 일을 했다. 당시에는 학교에 다니지 못하는 것이 괴롭고 힘들었지만 돌이켜 보면 오히려 그랬기 때문에 더 넓은 세상을 학교로 삼을 수 있었다.

현실이 그에게는 진정한 학교였던 것이다. 또래 친구들이 책상 앞에 앉아 교과서를 암기하고 있을 때 그는 세상이라는 넓은 학교에서 인생의 주인으로 살아가는데 소중한 밑거름이 될 경험을 쌓을 수 있었고 성공할 수 있었다. 학교는 인생의 주인이 되는 길이 아니라 그저 다른 사람 밑에서 일할 수 있는 방법을 가르쳐줄 뿐인데 말이다.

고정관념을 깨고 사회로 나오면 실전에서 내공을 쌓으며 새로운 길을 개척할 수 있다. 학력은 실전에서 그다지 큰 위력을 발휘하지 못한다. 세상이 만들어 놓은 틀에 갇혀 허송세월할 필요는 없다. 운명은 스스로 개척하는 것 환경의 벽을 넘어 세상에 나의 존재를 외칠 때 세상은 내가 만든 새로운 틀을 받아들여 다시 구조를 짤 것이다.

무조건 나이가 어리다고 청춘이 아닙니다. 청춘이라는 이름에 걸맞은 생각과 행동을 해야 청춘이지요. 일본의 최고의 대학을 나온 사람들 중에 의외로 꿈이 없는 사람이 많습니다. 그들은 명문대에 나왔다는 것만으로 만족합니다. 졸업장이 무엇이든 이루어줄 거라는 착각 속에 빠져 있습니다. 그는 이미 청춘이 아닙니다. 스무 살 노인이지요. -명로진

내가 무엇보다도 두려워하는 일은 죽어라 소득 없는 일로 싸우는 멍청한 사람이다. 또 하나 내가 내 인생을 움직이는 대신 다른 것들이 나를 움직이는 것이다.

대부분 사람에게 대학은 좋은 도구와 수단은 될 수 있지만, 자신이 해야 하는 일이 굳이 대학교육 없이도 가능하다면 바로 시작하는 것이 좋다고 봅니다.

지적 모험이 나이가 들수록 희귀해지는 까닭은 모든 교육과정이 그것을 말살하는 방향으로 이루어지기 때문이다. 생각할 줄 아는 능력을 배양하는 것이 아니라 생각해 낸 결과를 배우기 때문이다.

교육은 모르는 것을 알도록 가르치는 것이 아니라 사람들이 행동하지 않을 때 행동하도록 가르치는 것이다.

내가 말하고 싶은 것은 교육이 미래와 안전을 보장한다고 생각하지 말라는 것이다. 학생과 학부모 모두 학교에 가지 않으면 인생이 망가진다는 공포에 사로잡혀 있다. 마치 16세기 교회와 비슷하다.

철학자 짐 론은 정규교육이 생계를 유지하게 해준다면 독학은 당신을 부자로 만들어줄 것이다. 라는 명언을 남겼다. 대학을 나온 그 수많은 사람들이 생계를 유지하기에도 힘든 삶을 살아가고 있는 이유는 배움을 수동적인 거라 여기기 때문이다. 누군가에게 강의를 듣고 남이 짜놓은 커리

큘럼을 따라가야만 배움이라고 생각하는 사람과 스스로 탐색하여 자기만의 지식을 창조할 수 있는 사람은 다른 결과물을 만들 수밖에 없다.

나는 학교에 관심 없다.

내 관심사는 사색하며 인생을 꽃피우고 사는 일이다.

자조론을 저술한 새무얼 스마일즈는 위대한 사람들 중 80퍼센트가 독학을 했다고 말한다. 그는 그 이유에 대해 최고의 인간교육은 학교 교육이 아니라 "스스로 자기를 가르치는 교육"이기 때문이라 설명했다.

# 스승 없는 사람의 불행과 행운

나는 스승이 없지만 불행하다는 생각을 하지 않았다. 때로는 스승을 가진 사람을 부러워하였고 내 처지를 슬퍼한 적도 있었다. 속 터지게 아쉬울 때도 많았지만 지금은 그렇지 않다. 오히려 스승이 없었기에 혼자 길을 찾다보니 그런 과정에서 찾아온 행운이 더 많았다. 만약 내게 스승이 있었다면 쉽게 안주(安住)하게 되고 의지하는 습관이 들어 지금의 나를 만들지 못했을 것이다. 이런걸 보면 행복이란 꼭 좋은 모습으로만 오는 게 아님을 깨닫는다. 나쁜 모습에서 좋은 모습을 찾아내는 건 오직 인간만이 할 수 있는 일이다.

사람들은 불행과 행운은 꼭 겹쳐서 온다고 한다. 왜 그럴까. 예부터 사람의 경험에서 나온 말이라 생각할 수도 있겠지만 전부가 그런 것은 아니다. 하지만 대부분의 사람에게는 불행한 일이 생기면 다른 불행이 따라와 힘들게 한다. 좋은 일에는 좋은 일이 이어지는 것을 예감하는 것이다. 그것을 자신의 의지로 선택할 수 있는 것은 아니지만 그렇다고 꼭 사람의 운만은 아닐 것이다. 좋은 기운과 나쁜 기운은 섞이지 않고 따로 나뉜다는 과학이론이 있다고 들었다.

이 같이 우주의 기운을 고스란히 받고 태어난 사람의 삶도 자연의 섭리를 벗어나지 못하는 것이다. 나는 죄짓지 않고 열심히 사는데, 어쩌면 이렇게 지지리도 복이 없을까 하며 신세를 한탄하는 사람도 있고 반대로 그리 좋은 일만 하는 것이 아닌데도 하는 일마다 잘 되는 사람이 있다. 이런 것을 두고 인생사를 어떻게 설명해야 할지 참으로 난감하다. 어쩌면 이것이 내가 글을 쓰는 이유인지 모른다.

사람의 본성은 우주 본체인 자성(自性)으로써 아무것에도 지배나 구속 없이 스스로 살아가며 살고 죽는 게 자연의 섭리다. 선악뿐 아니라 행과 불행도 누가 임의로 만들어서 사람에게 주는 것이 아니라 사람은 자기 스스로 나고 죽는 것이며 모든 행과 불행은 자기로부터 생겨나 와 자기가 지어서 자기가 받는 자각자수(自覺自修)의 존재다. 아무리 노력해도 정답을 찾을 수 없는 삶을 살아야 한다면 내가 받은 것을 짊어지고 가야 할밖에……

인생은 오가는 바람이거나 날이 새고 저무는 것과 같다고 했다. 잠깐 머물다 가는 한 번뿐인 사람의 일생을 두고 행불행을 따지는 것조차도 어찌 보면 부질없는 짓인지도 모른다. 사람의 삶 그 이전과 이후를 알고 현재의 내 모습을 알게 된다면 이 세상을 전부 아는 것이나 다름없지 않을까.

온종일 안개처럼 봄비가 내린다. 내가 인생을 전부 깨달은 것은 아니지만, 이즈음의 나이에 내가 안 것은 잠시 스쳐 가는 이 세상과의 만남과 흘러가는 의미를 조금씩 그것도 아주 조금씩 알아간다는 것이다. 가야 할 길은 늘 안개속이고 이것이라고 단정을 지을 길은 어디에도 없다.

작가 조정래는 "인생이란 자신을 말(馬)로삼아 채찍질을 가하며 달려가는 노정이며 또, 인생이란 두 개의 돌덩이를 서로 바꿔 놓아가며 건너는 징검다리라고 했다." 어쨌든 사람은 자신의 수행이나 환경에 따라 세상에 머무는 시간이 조금은 달라질 수도 있겠지만, 그것 역시 자신의 삶을 살다 가는 것이고 결국 주어진 시간 따라 때가 되면 스스로 세상 밖으로 향하는 문을 열고 나가는 것이다.

## 여기서부터는

-홍윤숙

여기서부터는 아무도 동행할 수 없다
보던 책 덮어놓고 안경도 전화도
신용카드도 종이 한 장 들고 갈 수 없는
수십억 광년의 멀고먼 여정
무거운 몸으로는 갈 수 없어

마음 하나 가볍게 몸은 두고 떠나야 한다.
천체의 별, 별 중의 가장 작은 별을 향해
나르며 돌아보며 아득히 두고 온
옛집의 감나무 가지 끝에
무시로 맴도는 바람이 되고
눈마다 움트는 이른 봄 새순이 되어
그리운 것들의 가슴 적시고
그 창에 비치는 별이 되기를

# 독서와 사색

　세상에는 사람과 과학의 힘으로 풀 수 없는 불가사의한 일이 있다고 한다. 이집트 피라미드를 발굴하면서도 수천 년 전 유적에서는 사람도 아니고 지구상에 존재하지 않는 생명체가 미라로 발견되었는데 외계인의 모습이었다고 한다. 내가 보아도 분명 나와 같은 사람이 아니었다, 나는 이것을 영국 BBC 다큐멘터리를 통해 보았지만 그 기억은 오랫동안 머릿속에 남아 밤하늘을 올려다보며 별을 바라볼 때면 은하수 멀리 있는 세계를 상상하게 되는 것이다. 이것은 단지 상상으로 그치는 것이 아니라 내가 볼 수 없을 뿐이지 저 너머의 세계가 반드시 있다는 것을 믿게 되는 것은 어쩌면 종교나 과학이 아닌 생명의 근원에 대한 궁금증을 풀기위해 그동안 내가 사색하고 공부한 상상의 힘인지도 모른다.

　은하수 너머 머나 멀리, 여기서 천이백만 광년 떨어진데서 초신성이 지금 폭발중인데, 폭발하면서 모든 별들과 은하군의 에너지 방출량의 반 해당하는 에너지를 방출하고 있다. 지구 은하계 너머, 나선형은하계에서 발견된 특히 빛나는 이 초신성의 크기는 지구가 속해 있는 태양계 만 한데, 폭발하는 별은 죽어가면서도 삶을 계속하고 있다. 그건 다른 별들을 만드는 물질을 분출할 뿐만 아니라 생명 바로 그것의 구성 요소들을 방출하기 때문이다. 우리 뼛속의 칼슘과 핏속의 철분은, 태양이 생겨나기 전에, 우리 은하계에서 폭발한 이 별들 속에 들어 있었던 것이다. -로스앤젤레스타임스-(1993년 7월 18일 기사) 이것은 정현동 시인의 '밤하늘에 반짝이는 내 피여' 도입 부분을 옮겨온 것이다.

나는 이 글을 여러 번 읽으며 내가 별에서 온 존재임을 믿게 되었다. 빛은 1초에 지구를 7.5바퀴를 돈다는데 1200만 광년이면 대체 얼마나 먼 것일까. 옛날에는 이런 일을 생각하지 않았다. 사람은 그냥 태어나서 생로병사를 거쳐 때가되면 가는 것으로만 알았다. 그러나 오래전 우연히 읽게 된 칼 세이건이 쓴 코스모스란 책을 읽으며 생명의 근원에 대해 호기심을 가지고난 후 그때부터 종교에 관한 책을 읽게 되고 그것에 해답을 찾으려 했지만 혼란스럽기만 했고 의문은 더 커져 갔다. 그러다 불교를 만나 닥치는 대로 책을 읽으며 책을 통해 종교가 아닌 철학의 관점으로 인간의 본질을 조금씩 알게 되는 것이다. 지금도 책읽기와 사색을 멈추지 않는다.

나는 엄밀히 이야기한다면 무신론자다. 무신론자에게는 정서적으로, 개인이 죽으면 그것으로 세계도 없어진다. 무신론자에게는 천국도 지옥도 없으니까. 나의 죽음이 우주의 죽음이다. 물론 무신론자는 대게 유물론자이고. 자기가 죽은 다음에도 세계가 존재한다는 것을 안다. 다만 그 존재하는 세계를 내가 인식하지 못하니까, 결국 없는 거나 마찬가지다.

그러나 불교를 만나고부터는 사유의 폭이 확 달라져 버렸다. 생명 이전의 문제와 생명 이후의 세계에 대해 불교적인 성찰을 하게 되는 것이다. 생각의 깊이를 더해갈수록 의문은 커지지만 최초의 생명탄생과 사라짐에 대해 조금씩 아주 조금씩 알게 되는 것이다.

책을 읽으며 글 쓴 사람들과 교감하면서 내 생명의 근원이 어디 있는지 알게 되고, 밤하늘에 반짝이는 별을 보며 생명 이전과 그 이후를 알아간다. 내가 어디서 왔는지도 모르면 어디로 갈 것인지도 모를 뿐만 아니라 동그라미처럼 시작도 끝도 없고 영원히 가는 것도 오는 것도 없는 자연의 섭리를 알지 못한다. 내가 가야 할 곳이 어딘지를 안다면 나는 이미 깨달은 것일까. 시작을 알았으니 끝을 알게 되고 그 가운데 지금의 나는 과연 무엇이며 어떻게 살아야 하는가를 생각해야 한다. 죽으면서도 삶을 준비하는 초신성이나 살면서도 죽음을 준비하는 우리는 크기만 다를 뿐 같은 별이다.

내가 가야 할 곳이 어딘지를 안다면
나는 이미 깨달은 것일까. 시작을 알았으니 끝을 알게 되고
그 가운데 지금의 나는 과연 무엇이며
어떻게 살아야 하는가를 생각해야 한다.

# 스승도 없이

    나는 스승이 없다.

    마음속으로 스승이라고 정해놓은 사람도 없다. 등단하기 전이나 등단하고 난 다음이나 나에게는 스승이 없었다. 내가 그것을 거부한 것은 아니지만 어쩌면 내게는 익숙하지 않은 스승과 제자의 관계가 낯 설고 싫었는지도 모른다. 나는 배우는데 일정한 스승이 없어야 거기에 얽매이지 않고 다양한 것을 흡수하고 받아들이며 폭넓게 배울 수 있다는 생각을 한다. 고정된 프레임에서 벗어나 세상이라는 넓은 바다를 스승으로 삼으며 꿈을 펼친다면 자신의 잠재력을 발견하고 나만의 창조성을 발휘하게 될 것이라는 믿음이 있다.

    나는 기막힌 풍경에 감동하기 보다는
    앞서간 사람의 흔적에 더욱 가슴이 뛴다.

산으로 가는 것은
풍경을 탐닉하는 것이 아니라
먼저 이산을 오르내렸던 사람들
시방 나와 함께 땀 흘리며 걷는 사람들
앞으로도 이산을 올라가야 할 사람들
그 사람들 가슴속 불덩어리 읽어보며
걷는 일이다
이것이 나를 키운다.


시인 이성부의 '표지기를 따라' 제목의 시다. 시는 지금의 내 마음과 처지를 드러내는 것 같아 유난히 좋아한다. 내가 모르는 산을 처음 가는 것이나 글 쓰는 일은 다르지 않다. 가다 보면 정상으로 오르는 길이 수만 갈래로 나뉘겠지만, 그중에 옳은 것을 골라 선택하는 것은 나만이 가지는 내 몫이다. 시구(詩句)처럼 표지기를 따라서 앞서간 사람의 흔적을 따라가는 일은 흥분되고 가슴 뛰는 일이다. 혼자가 아니면 절대 경험할 수 없는 삶의 탐험과도 같다.

앞길에 무엇이 기다리고 있을까 하는 호기심과 긴장감, 새로운 것에 대한 기대는 나를 살아있게 하고 마음 설레게 한다. 가끔 내가 걷는 길에 혹시 낭떠러지는 없을까 하는 아슬아슬한 기분이 들고 혼자라는 생각에 외로워질 때면 늘 이성부의 시를 떠올린다. 그러면 거짓말처럼, 알지 못할 두려움으로 일렁이던 가슴이 가라앉고 신발 끈을 고쳐 맨다.

낡은 생각을 버리고 성장하기 위해서는 내가 버릴 것이 무엇이며 취해야 할 것이 무엇인지 알아야 한다. 내가 진정으로 바라는 것이 있다면 그것을 위해 무엇을 포기해야 하는지를 나는 아직도 정확히 분별하고 행동할 줄 모른다. 좋은 글을 쓰기 위해서는 내가 어떤 노력을 해야 하고 어디를 바라보며 어떻게 살아야 하는지 절절한 마음으로 생각하는 시간을 가져야 한다.

산에 가서 인적이 없는 길을 걸을 때 사람들이 나뭇가지에 매달아 놓은 표지기를 따라 길을 가듯이 스승 없이 글을 쓴다는 것은 앞사람이 걸어간 길을 따라가는 것이다. 그 길에 벽이 느껴지고 한 걸음 앞에 무엇이 있는지조차 알 수 없다 해도, 또 그것이 두렵고 고통이라 해도, 나는 표지기를 따라가는 발걸음을 멈추지 않을 것이다. 그런 과정을 통해 지금 내가 하는 일이 어떤 것인지에 대해서도 깊은 이해에 도달할 수 있지 않을까.

내가 모르는 산을
처음 가는 것이나 글 쓰는 일은 다르지 않다.
가다 보면 정상으로 오르는 길이 수만 갈래로 나뉘겠지만,
그중에 옳은 것을 골라 선택하는 것은
나만이 가지는 내 몫이다. 시구(詩句)처럼 표지기를 따라서
앞서간 사람의 흔적을 따라가는 일은
흥분되고 가슴 뛰는 일이다.

# 배움이라는 것

배움에는 이르고 늦음이 없고 눈감을 때까지 배우는 것이라 했는데 주희(朱熹)는 죽기 전날까지 사서(四書)의 주석 수정작업을 했다고 한다. 그는 죽음을 잊었고 그렇다면 죽음과 삶이 하나라는 자기학문의 신념대로 살은 사람이다. 한 사람의 삶이 어쩌면 저리도 숭고할 수 있을까 싶은 생각에 저절로 고개 숙어진다. 자기를 완벽하게 불살라 흩어졌다면 몸은 다른 것으로 변했을 것이고 그것이 다시 모였다면 아마 주희는 신선이 되고도 남을 것이다.

삶이란 일종의 자기연소(燃燒) 같은 것. 타다 만 것처럼 보기 싫은 게 없다. 타다만 것은 재도 남기지 않고 피다가 시든 꽃처럼 보기 흉하다. 배움을 향해 자신을 태우는 것은 정해진 때라는 게 따로 없다. 설령 시기가 조금 늦고 평범한 능력이라고 해도 내가 잘할 수 있는 것을 찾아 그것에 모든 힘과 능력을 집중해서 자기의 열정이 타오른다면 원하던 것을 이룰 수 있을 것이다.

누가 어디서 배웠으며, 스승이 누구인지를 굳이 따질 필요가 있겠는가. 나는 배우는데 일정한 스승이 없어야 큰 스승이라고 할 수 있다는 어느 학자의 견해에 공감한다. 정해진 스승이 없다면 다양한 것을 흡수하고 받아들이며 스스로 일가를 이루어 나중에 자기 말을 할 수 있기 때문이다. 우리가 대학을 다니거나 사회에 나와 불필요한 학문이나 일에 붙들려 시간을 허비하는 일이 얼마나 많은가. 옳은 것 한 가지도 제대로 배우지 못하고 수박 겉만 핥고 마는 사람이 부지기수다. 그런 사람 대부분 그것이 자기 삶에 실질적인 도움이 되는 것도 보지 못했다. 학력이 높은 수많은 사람이 생계를 유지하는 것도 힘든 삶을 살아가는 것은 누군가 만들어놓은 것에 따라 학문을 하고 자기 삶을 잃은 채 수동적인 삶을 살았기 때문 아닐까.

틀에 박힌 환경에서 받는 잘못된 교육은 받는 사람이 새장 안의 새와 같아서 좁아터진 공간에서 주는 먹이만 먹으며 살만 찔 뿐이다. 그런 날이 길어지면 날개가 마비되어 새장 밖으로 나와도 날 수 없게 된다. 우리는 날갯짓을 망각하기 전에 새장 밖을 떨쳐 나와 광활한 하늘을 날아오르는 꿈을 꾸어야 한다. 그러니 머뭇거리지 말자.

두보(杜甫)는 "한 조각 꽃잎이 날려도 봄빛이 깎인다."고 했는데 지금 우리가 해야 할 일은 시간을 아끼는 것이다. 천재는 노력하는 사람을 이길 수 없고 노력하는 사람은 즐기는 사람을 이길 수 없다는 말이 있지 않은가. 배움이 더디고 노력해도 남보다 어려운 사람이 있다. 하지만 멈추지 않고 끊임없이 노력한다면 무언가를 뚫으려는 끝이 무딜 뿐 한 번 뚫으면 뻥하고 크게 뚫린다. 높게 날아오르는 갈매기가 되기를 열망하며 자신을 불태울 때, 이것저것 건드리며 배우지 않는 천재보다 오히려 더 큰 일을 해낼 수 있을 것이다.

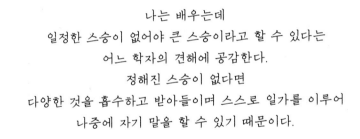

나는 배우는데
일정한 스승이 없어야 큰 스승이라고 할 수 있다는
어느 학자의 견해에 공감한다.
정해진 스승이 없다면
다양한 것을 흡수하고 받아들이며 스스로 일가를 이루어
나중에 자기 말을 할 수 있기 때문이다.

# 민얼굴의 당당함

　나는 많이 배우지 못했고 가방끈은 짧다. 굳이 학력이라 할 것도 없으며 특별한 경력이나 자격증 같은 것도 없고, 일어나 중국어 영어 같은 외국어도 하지 못한다. 컴퓨터 다루는 실력도 겨우 컴맹을 벗어나 혼자 글 쓰고 그것을 정리해서 저장하고 다른 사람과 메일을 주고받는 정도에 머문다. 살면서 해외여행 같은 것은 생각지도 못했고 처음으로 여권을 만들어 여행한 곳은 중국을 거쳐 백두산을 갔다 온 것이 전부다. 골프 같은 취미생활도 모른다. 동료나 지인들이 골프에 관련된 이야기를 하면 귀로는 듣지만, 지금까지 먼 나라 이야기다.

　하지만 그들이 부럽다거나 소외감을 느낀 적은 한 번도 없다. 주변의 권유도 있고 한번 해볼까 하는 호기심이 생길 때도 있었다. 하지만, 아무리 생각해도 골프를 배워서 사람들과 어울려야 하는 시간을 내기가 어려울 것 같았고 더 큰 이유는 내가 그것이 싫었다.

이날까지 살아오며 나는 누군가를 크게 부러워한 일도 없다. 내가 생각해도 자신이 기특하게 생각되는 것은 평생 내가 못해 본 것에 대해 아쉬움은 있지만, 학력에 대한 소외감이나 남과 비교해 초라함을 느끼지 않는다는 것이다. 그것 때문에 주눅이 들거나 콤플렉스를 느껴본 일도 없다. 스스로 생각해도 이렇게 당당한 이유를 알 수가 없다. 생각이 없는 것도 아니고 천방지축으로 마음이 가벼워 앞뒤 분간을 못 하는 것도 아니고 그렇다고 무식해서 용감한 그런 것도 아니다.

학력이나 경력이 나와 비교할 수 없는 사람 앞에서 내가 조금 초라해 보일 때는 가끔 있지만, 그렇다고 스스로 자괴감이 들 정도는 아니다. 그들 학문의 깊이가 가끔 부럽기도 했지만, 나를 무너뜨릴 만큼 높은 벽은 아니라는 생각이다.

그러나 참으로 다행스러운 것은 운이 좋게도 문학이라는 깊은 바다에 빠져 책을 통해 그들이 가르쳐주는 데로 헤엄치는 법을 배웠다. 나 스스로 그 바다를 헤엄쳐 궁금하던 여러 섬을 마음대로 다니며 그동안 알지 못했던 많은 것을 알게 된 것이다.

일본의 지성 다치바나 다카시의 말이다. "책이란 만인의 대학

이라고 생각한다. 어느 대학에 들어가건 사람이 대학에서 배울
수 있는 것은 양적으로든 질적으로든 극히 일부분에 불과하다.
대학에서도, 대학을 졸업하고 나서도 무엇인가를 배우려 한다면
인간은 결국 책을 읽지 않을 수 없다. 나는 지금까지 살아오면서
책이라는 대학에 지속해서 그 누구보다 열심히 다니고 있다."는
말처럼 나를 이토록 뻔뻔스러울 정도로 당당한 민얼굴을 갖게
한 것은 책이다.

문학이라는 깊은 바다에 빠져 책을 통해
그들이 가르쳐주는 데로 헤엄치는 법을 배웠다. 나 스스로
그 바다를 헤엄쳐 궁금하던 여러 섬을 마음대로 다니며
그동안 알지 못했던 많은 것을 알게 된 것이다.

# 독서의 힘

사춘기 때 터질 것 같은 가슴을 짓누르며 견디는 방법을 찾지
못하다 도망가듯 어느 날 갑자기 군에 입대해버렸다. 군에 입대
할 때 학력을 나누어 구분 지을 때는 약간 씁쓸한 기분이 들었
지만, 훈련병 시절에는 중대를 대표하는 향도병을 맡아 누구보
다 씩씩했다. 군 생활 중에도 학력으로 맡을 보직을 가르는 일
에 조금 불편한 마음이 들었지만, 그것 때문에 부끄러움이 일거
나 위축되는 일은 없었다.

제대하고 큰형의 설득으로 학업을 계속하기 위해 학원에 다니
기도 했다. 그것도 잠시, 나는 내가 가야 할 길이 학교 가는 길
이 아니라는 생각이 들고 공부에는 집중할 수가 없었다. 순조롭
게 열심히 공부해서 대학을 졸업한다고 하더라도 그때까지는 너
무 먼 시간이었고 학업을 계속하는 것 말고 다른 길은 없을까
깊은 고민에 빠져 있었다. 그때 이미 내가 가야 할 길을 보았는

지도 모른다. 가진 학력으로는 막노동과 다름없는 생산직이나 아니면 건설인력으로 중동을 가거나 선원수첩을 내어 외항선 선원이 되는 게 최상이었던 시절이었다. 그것을 알고 큰 회사나 좋은 직장에 대한 꿈을 일찍 포기한 이유도 있을 것이다. 좋게 이야기하자면 내 분수를 안 것이다.

내가 글을 쓰게 된 근원을 찾아 인생을 거슬러 가다 보면 사춘기 때 다락방에서 읽은 책들이 자신도 모르게 내 속 깊은 곳에서 강을 만들고 하루도 거르지 않고 썼던 일기가 바탕이 되지 않았나 싶다. 군에 가서도 훈련을 마치고 자대 배치가 있었던 다음부터 일기를 썼다. 복무 중 해안방어라는 특별한 기간이 다가오면 시간의 여유와 행동의 자유로움 때문에 그야말로 책 읽기에는 딱 맞았다. 벙커에서 닥치는 대로 책을 읽었다.

어촌이라도 책이 있는 집이면 찾아가 쌀과 바꾸어가며 책을 읽고 총을 메고 보초를 서며 한 손으로는 책을 읽었다. 일기 쓰는 일은 빠트리지 않았고 힘든 훈련으로 쓸 수 없을 때는 이삼일 지나 한꺼번에 일기를 쓰는 일도 많았다. 어찌 보면 독서와 일기 쓰기를 통해 내 속에 잠재된 절망감과 고통을 표현했는지도 모른다.

아마도 그 당시 일기 쓰기가 글 쓰는 토대가 되었고 그때 읽은 책을 통해 학력에 대한 사회나 사람들의 차별을 나 스스로 내 안에서 몰아냈다. 그 당시에 독서를 하며 내가 느낀 건 학력이라는 것은, 어떤 상황과 때에 따라 참으로 부질없다는 생각이 들었다. 같이 근무하던 동기 중 대학생이나 높은 학력과 자칭 많이 배운 사람과 대화할 때는 더욱 그런 생각을 들게 했다. 내가 지금 무모할 만큼 당당한 것도 앞에서 얘기한 기댈 언덕이 있기 때문이 아닐까. 나는 항상 배움에 대한 열망은 가슴 가득하고, 내가 언제든 기댈 수 있는 언덕은 손만 뻗으면 잡히는 곁에 있는 책이다.

내가 글을 쓰게 된 근원을 찾아
인생을 거슬러 가다 보면 사춘기 때 다락방에서 읽은 책들이
자신도 모르게 내 속 깊은 곳에서 강을 만들고
하루도 거르지 않고 썼던 일기가 바탕이 되지 않았나 싶다.

# 내가 가야 할 길 1

　내가 등단의 꿈을 이루던 해 동짓달 운이 좋게도 그동안 여러 책 속에 단편적인 조각들을 통해서 알았던 추사 김정희, 고산 윤선도, 다산 정약용, 세 분의 흔적을 평전을 연속해 읽으며 그분들을 새롭게 바라보는 계기를 만들었다. 현재 학자들의 시선으로 잘 정리 정돈된 평전을 읽으며 가당찮게도 나는 그분들의 세상으로 들어가는 상상의 세계에 빠졌다. 귀양지에서 그분들의 친구나 가족이 되어 같이 울분을 토하기도 하고, 같이 울기도 하며, 지독한 외로움과 고독에 휩싸여 보기도 하고, 온갖 곳을 돌아다니며 그분들과 함께했다. 때로는 그분의 제자가 되어 가르침 받는 시간을 가져보는 행복을 누렸다.

　과거 큰 학자들이나 정치가들은 주변의 모함으로 귀양을 가게 되면 유배지에서 학문과 예술에 큰 업적을 이루는 경우가 많다. 거칠 것 없이 순조롭던 벼슬길과 학자의 삶을 귀양이라는 급작

스러운 상황의 변화로 한 사람을 고립무원의 지경으로 만드는 것이다. 어느 사람도 함께할 수 없는 세상 밖 외로움의 계곡으로 떠밀어버린다. 그러나 그들은 그곳에서야 극한상황 속에서 인간이 할 수 있는 최고의 업적을 이루어낸다. 귀양을 가지 않았더라면 있을 수 없는 일들이다. 그 극한의 외로움 속에서 불멸의 학문과 예술이 탄생하는 것이다. 세상에서 고귀한 것은 그런 어려움에서 인간이 만들어내는 조갯살 속의 진주와 같은 것이 아닐까.

독립불구(獨立不懼) 돈세무민(遯世無悶)이라는 말이 있다. "홀로 있어도 두려워하지 않으며, 세상과 멀리했어도 근심하지 않는다."는 뜻이다. 친구도 가족도 만날 수 없는 그들에게 이 말은 유배지에서의 외로움을 견디게 하고 삶을 지탱하게 해준 것이 아니었을까. 나이가 들어가며 나 스스로 "독립불구 돈세무민"의 지경으로 내 존재의 의미를 찾아 그 길을 들어 가보는 것은 의미 있는 일이 될 수 있을 것이다. 일부러 유배지를 가거나 그와 같은 환경을 만들어 갈 수는 없겠지만 스스로 그와 유사한 환경을 만들어 볼 수는 없을까. 하려고만 한다면 안 될 일은 아니지만, 수행자의 극기(克己)의 수행 정신이 아니면 참으로 어려운 일이다.

나에게도 내가 만든 누에 집 속에 스스로 갇히는 시간이 있었다. 길지 않은 시간이었지만 지금의 나를 이곳까지 이끌어 준 것은 오로지 고치 속에서의 암흑과도 같은 시간 때문이었다. 그 당시 나는 어려운 환경 속에서 지옥 같은 시간을 견디기 위해 내가 할 수 있는 것은 아무것도 없었고 무엇을 하지 않고 있다면 머릿속이 터지거나 가슴이 막혀 피를 토할 것 같았다. 깜깜한 암흑과 같았던 곳에서 물에 빠진 사람이 지푸라기를 잡는 심정으로 손에 잡히는 대로 잡은 것이 방안을 굴러다니던 책이었다.

그것을 운으로 본다면 나는 얼마나 운이 좋은 놈일까. 망망대해(茫茫大海) 눈 먼 거북이가 떠다니는 판자의 구멍을 만나듯, 그 책 한 권으로 나는 내가 견디며 살아야 하는 의미를 찾은 것이다. 그때부터 나는 거의 미친 듯이 책을 읽었다. 한시도 손에서 책을 놓는 법이 없었다. 장르를 가릴 수도 없었지만 한정된 공간에서 손에 잡히는 대로 닥치는 대로 읽었다.

마치 바짝 마른 스펀지가 물을 빨아들이듯 그렇게 읽는 도중 내 안에서 파도치던 마음의 요동은 차츰 가라앉고 누구를 미워하고 원망하던 마음도 사라지고 마음이 편해지기 시작했다. 그것은 오직 독서의 힘이었다. 그곳에서 책은 내게 유일한 돌파구였고 책을 읽으며 미래에 대한 꿈을 키우고 그것이 안내하는 길을 따라 긴 터널을 빠져나올 수 있었다. 그리고 세상의 질시와 무시와 비난에서 나를 지켜주는 든든한 방패가 되었다.

책 속에 빠져드는 시간이 제일 행복했고 모든 것을 잊게 만드는 약이 되었다. 그렇게 좋은 책을 한 권씩 읽을 때마다 내 눈빛과 마음이 전과 다르다는 것을 스스로 인식할 수 있었고 그 이유 때문에라도 더욱 책에 매달리게 되는 것이다. 책을 읽지 않을 땐 괜히 마음이 불안해지고 담배를 끊을 때 겪는 금단현상이 오듯 독서에 대한 금단현상도 생긴다는 것을 그때 경험했다. 독서가 나도 모르게 내 몸 안에 흐르던 혼탁한 기운과 피의 성질을 바꾸어버린 것이다.

나는 내가 글을 쓰게 되면서부터 이 글을 쓰고 싶었지만, 용기가 나지 않았고 시간이 흐르고 스스로 생각이 깊어지면서 내가 어려웠던 이야기를 할 수 없으면 다른 어떤 이야기도 살아있는 이야기를 못 할 것이라는 생각이 들었다. 거기에는 작가로서 자신에 대한 정직함이 반드시 동반되어야 한다는 확신도 생겼기 때문이다. 이런 생각을 하게하고 결심하게 된 동기도 결국 동굴과 같은 환경에서 만난 독서가 바른 생각과 결심을 하게 만든 힘의 원천이 되었다.

몇 년 전까지만 해도 나는 이 같은 결심을 하게 되리라 생각을 못 했다. 항상 언젠가는 내밀한 내 이야기를 솔직히 할 수 있어야만 막혀있던 도랑물이 논으로 흘러들어 가듯 자유롭게 글 쓸 수 있으리라는 생각은 했지만, 그 계기를 만들어준 것이 "독립불구 돈세무민"이다. 이 글 때문에 옛날 귀양을 간 선조들을 생각하게 되었고, 전선에 전기가 통하여 전등에 불이 오듯 많은 것들이 내 머릿속에서 형체를 드러내고 모습을 내보이는 것이다. 나는 그분들의 한평생을 보며 사람의 일생을 보았고 어쩌면 내 인생도 사마귀가 수레에 맞서듯 가당찮게 그분들 인생의 일부분에 대비시켜보는 것이다. 이것은 독서를 통해 나만이 마음 껏 누릴 수 있는 자유와 행복이 아닐까.

고립무원(孤立無援)의 지경이었던 그분들은 자신을 자연의 한 부분으로 보고 세상일에 달관(達觀)한 경지에서 마음을 다스렸던 것이 아닐까 하는 생각이 든다. 참으로 달관한 사람이란 자기를 잊을 줄 아는 사람이다. 그러나 자신의 감정에 노예가 되는 사람은 자기를 잊지 못하는 사람이 아닐까. 구름이 구름의 원래 모양을 고집한다면 그것은 구름이 아니다. 바람에 따라 모습을 바꾸어가며 모였다 흩어지는 것이 구름이듯이 그들도 물이 얼음이 되고 안개도 되었다가 빗물과 눈으로 변해 햇살이 퍼지면 다시 물로 돌아가는 자연의 순리를 자신에게서 이미 읽은 사람들이다.

그분들의 책을 읽으며 깨달은 또 다른 한 가지는 아무런 문제가 아닌 것을 문제로 생각하면 그것이 문제가 되듯이 부끄럽지 않은 것을 부끄럽게 생각하면 그것은 부끄럼이 되는 것이다. 내가 아무 문제없는 것처럼 행동하면 정말 아무 문제가 없어진다. 생각이 모든 것을 만들어 낸다. 사람들은 부끄러움과 부끄럽지 않은 것을 제 중심에 놓고 저울질하는 습관이 있다. 우리가 흔히 믿고 있는 것들이란 자신에게 유리하도록 조작한 것에 불과한 것도 있다.

그들은 극한의 환경 속에서도 자신과 조작하거나 관념에 붙들리지 않고, 있는 자연과 사람을 보이는 그대로 사랑했다. 사람이 철저한 외로움 속에서는 자연과 하나가 된다. 자신이 이룬 경지와 앎을 뽐내지 않고 지금의 현실과 하나 되어, 내가 사람과 자연에 대해 모르는 것이 더 많음을 아는 것은 진정으로 많은 것을 아는 것이다. 말이 많은 사람은 아는 사람의 침묵보다 못하듯. 나는 김정희가 쓴 말년의 글씨와 세한도, 윤선도의 시를 읽고, 다산 정약용의 책을 읽으며 한 시대의 횃불처럼 살다 간 그분들이 사무치게 그립다.

# 내가 가야 할 길 2

글 쓰는 사람이 가는 길은 남과 또 다른 길이라는 걸 안다. 그것은 내가 좋아서 선택한 것이기에 그 길의 여정이 어떠할지라도 내 것으로 알고 달갑게 생각할 것이다. 길을 찾지 못해 안개 속을 헤매며 고생하는 것도 아니고 내가 가야할 길이 뚜렷이 보인다는 것은 더 없는 축복이다. 분명한 목적지를 향해 닻을 올리는 배처럼 가다 폭풍을 만나고 파도에 휩쓸려 침몰하더라도 그것을 내 운명으로 받아들일 것이다. 그것을 안다는 것은 내가 성공과 실패에 얽매이는 마음을 들지 않게 하고 나를 사람답게 만드는 일이다.

사람 대부분은 나를 바라보는 타인의 시선에 신경을 쓴다. 남들에게 인정받기 위해 애쓰는 것은 누구나 같다. 나 역시 소속감과 자존심이 중요하고 다른 사람의 긍정적 평가와 인정을 받고 싶은 것은 남들과 다를 것이 없다. 한 사람을 두고 보는 관점에 따라 사람마다 그에 관한 판단이 모두 다르다. 오늘 우리가 보았던 한라산도 산은 하나인데 보는 각도에 따라 느낌이 다 다르다.

나를 바라보는 다른 사람들의 시선도 내가 맡은 일을 잘한다고 하는 사람이 있으면 잘못한다고 하는 사람도 있다. 이 두 가지로 갈라지는 것은 사물에 음양이 있는 것처럼 당연하고 자연스러운 것이다. 잘못한다고 나무라는 사람들마저도 나를 좋아하고 내 편이 되었으면 하는 게 사람의 마음이지만, 그렇다고 욕심내어 둘을 다 가지려 하다가는 가진 하나마저 놓칠까 두렵다. 둘 다 가지려고 끝까지 욕심 부린다면 결국 하나도 못 가지게 된다.

그것을 알고 있다고 생각하는 나는 가진 역량에 따라 맡은 일에 있는 힘을 다했다면 당당한 마음으로 어느 곳에도 치우치지 않는 균형 잡힌 감각으로 지금까지 해오던 보편적인 내 노력을 멈추지 않을 것이다. 그리고 내게 잘못 한다고 하는 사람들을 위해 다른 곳에 써야 할 에너지를 빼앗기기도 싫다. 물론 나를 잘못한다고 하는 사람의 말에도 귀 기울여야겠지만, 그래서 한 번 더 나를 돌아보아야겠지만, 그들마저 내 편으로 만들겠다는 욕심은 버릴 것이다.

그것은 사막의 신기루처럼 손에 잡힐 것 같지만 절대로 잡을 수 없는 불가능한 일이다. 내가 가능한 것을 바라면 불가능한 것도 이루어질 수 있지만 불가능한 것을 바란다면 가능한 것마저도 잃게 된다는 사실을 이제는 안다.

매사 다른 사람의 평가에 신경을 곤두세우며 살다가는 그들의 목소리에 휘둘리게 되고 결국 나 자신을 잃어버릴 수도 있다. 많은 사람의 공격에도 여전히 가슴을 펴고 바로 설 수 있는 자신감이 있다면, 어떤 것에도 흔들림 없이 자신의 판단에 충실할 수 있다면, 어떻게 성공하지 않을 수 있겠는가.

하지만 경계해야 할 것은 노력이 동반되지 않은 자신감은 자만에 불과하다. 맹목적인 자신감은 모래성과 같아서 외부의 작은 충격에도 쉽게 허물어진다. 나에 대한 다른 사람의 의혹에도 아랑곳하지 않고 자신의 판단을 믿는 것은 오직 노력이 전제된 사람만이 가질 수 있는 자신감이다. 그리고 세상은 용감한 자의 것이라는 걸 잊지 않는다.

난 못 한다고 하는 사람은 나는 할 수 있다고 말하는 사람을 절대 이기지 못한다. 할 수 있다는 자신에 대한 믿음으로 모든 일을 대한다면 내가 못 할 일이 없다. 약한 사람은 기분이 행동을 지배하지만 강한 사람은 행동이 기분을 지배한다는 사실을 기억하자. 자신의 감정을 이겼을 때 비로소 내 운명을 장악하고 진정한 자아를 얻을 수 있을 것이다. 이것이 앞으로 내가 가야 할 길이다.

읽지 않으면 쓰지 못 한다

읽지 않았는데 글은 잘 쓴다는 것은 있을 수 없는 일이다. 쉽게 말해 엄마가 아기에게 젖을 주려면 먼저 엄마가 음식을 먹어야 하듯 먹지 않으면 젖은 나오지 않는다. 마찬가지로 내 안에 쌓인 게 없는데 어떻게 글이 나올 수 있겠는가. 책 읽기와 글쓰기는 수레의 양쪽 바퀴와 같아서 한쪽이 제구실을 못 하면 굴러가지 못한다. 새의 양 날개처럼 균형을 이룰 때 하늘을 날아오르는 새처럼 글이라는 것도 이와 같다. 자연 속 온갖 사물에 적용되는 이런 원리는 사람이 글 쓰는 일에도 한 치도 비껴가지 않는 게 세상 이치다.

TV를 보다 보면 죽은 어미 빈 젖을 빠는 새끼를 볼 때가 있다. 아니면 아프리카 굶주린 아기들이 엄마의 빈 젖을 입에 물고 있는 모습도 보인다. 책 읽지 않고 글만 잘 쓰려고 하는 사람이 딱 이 모습이다.

새의 양 날개처럼 균형을 이룰 때
하늘을 날아오르는 새처럼 글이라는 것도 이와 같다.

# 이청준과 나

고전을 읽을 때와 같이 이름 있는 우리 작가들의 책을 읽으며 높은 산맥 같은 그들의 문학 앞에 나는 우물 안 개구리의 탄식을 삼키지 않을 수 없다. 마침 이청준 문학과 인연이 되어 큰 산맥을 경험하고 난 지금 내가 아무것도 아님을 알게 되고, 별 것 아닌 걸 가지고 "그래도 이만하면 괜찮은 거지." 하는 오만과 자기기만에서 벗어날 수 있었다. 내가 쓴 글을 읽어보면 이런 걸 글이라고 썼는가. 하는 생각에 얼굴이 화끈거려 쥐구멍을 찾고 싶다.

아마 나는 이번처럼 얼굴이 달아오를 만큼 거대한 것에 대한 충격이 없었다면 여전히 우물 안에서 개구리가 보는 하늘만큼만 보며 살아갈 것이다. 운 좋게도 그의 문학이라는 바다에 빠져 곳곳을 헤엄쳐 다니다 어느 순간 나도 모르게 내 안에 눌어붙은 굳은살이 한 꺼풀씩 벗겨져 나가는 것이다. 누군가 벗겨주는 것이 아니라 이미 스스로 떨어져 나갔다. 이처럼 나를 구원하는 것은 누구도 아닌 나 자신이기에.

내가 문학이라는 산을 오르는 능력이 어느 정도인지 알기 위해서라도 이청준이라는 산맥을 오르는 과정은 꼭 필요하다. 그동안 분주하게 이곳저곳 발만 담그며 대가들의 그림자만 보거나 그 언저리를 기웃거리며 맴돌았지만, 이제 그런 내 모습을 지워야 한다. 이청준을 만나 그가 쓴 글을 모두 찾아 읽는 과정을 거치면서 내 마음이 조금씩 열리는 것이다. 진중한 걸음으로 한 걸음씩 다가간다면 머지않아 이청준도 그의 세계를 열어 보일 것이다.

사람들은 이런 내게 어쩌면 조금 늦을지도 모른다고 하겠지만 상관없다. 나는 지금부터라도 이청준 문학의 심연으로 빠져들어 고목이 된 느티나무 나이테 속으로 들어가 나무를 끌어안고 뛰놀던 그와 만나고 싶다. 얼마 전 보았던 이청준이 어릴 때 나무에 오르며 놀던 그의 고향 마을 느티나무는 작가의 인생과 서로 닮았다. 얼마간 시간이 지나고 내가 그 나무를 다시 보게 될 때면 그가 하는 말에 몇 마디쯤 화답할 수도 있을 것이다.

느린 책 읽기는 명상과도 같다. 평생을 살며 안고 가야 할 것과 버려야 할 것이 있다면, 책도 한번 읽고 마는 책이 있고 고전처럼 읽을 때마다 얻어지는 것이 있다. 나는 앞으로 읽을 책들을 오래 씹어 삼키는 현미밥같이 단물이 나오도록 되씹으며 읽을 수 있다면 얼마나 좋을까. 그중에서도 이청준의 글은(그냥 목구멍에 탁 털어 넣는 술이 아니라 외할아버지가 마시는 술처럼 간간이 한 모금씩 입안을 적셔가며 술맛을 느끼듯) 그렇게 읽으며 소설 속 그와 이야기 나누고 싶다.

"빠른 속도로 지나가는 사람에게 1미터의 코스모스 길은 한 개 점에 불과하다. 그러나 천천히 걷는 사람에게는 이 가을을 남김없이 담을 수 있는 꽃길이 된다는" 당신(신영복 교수)의 말처럼, 내게 남은 시간 굼벵이처럼 천천히 걸어, 인생길에서 만나는 뭇 꽃들을 가슴에 담아내고 싶다.

느린 책 읽기는 명상과도 같다.
평생을 살며 안고 가야 할 것과 버려야 할 것이 있다면,
책도 한번 읽고 마는 책이 있고
고전처럼 읽을 때마다 얻어지는 것이 있다.

# 어느 한 작가의 작품에 집중하는 것

　글을 쓰는 사람은 유난히 자기에게 와 닿는 한 작가의 글을 모두 찾아 읽는 일이 있다. 좋아하는 작가의 책을 읽다가 마음이 열리는 경험을 한다. 그러면서 세상과 소통하고 싶은 욕구, 자신의 감정과 생각을 다른 사람과 나누고 싶은 마음이 생긴다. 이런 과정은 내 영역을 넓혀주고 내가 앞으로 어떻게 쓸 것인지에 대해 힌트를 얻는다.

　한 작가의 열권도 넘는 긴 장편 소설이나 내가 좋아하는 작가의 책을 모두 찾아 읽으려 할 때 마치 우리는 산길을 가다가 긴 오르막을 만난 것 같은 기분이 들 때가 있을 것이다. 우물 안 개구리가 바다를 만난 것처럼 이름 있는 작가의 많은 책 앞에 기가 질리고 때로는 문인이 되겠다는 의욕마저 사그라지는 일도 있다. 그럴 때는 내가 가진 작은 행복마저도 불행으로 변하는 것 같고 내 모습이 볼수록 초라해지는 생각이 드는 것이다. "글 쓰는 사람이면 처음에는 다 그런 과정을 거친다"며 앞서간 사람들은 당연한 것처럼 이야기하지만 위로의 말로밖에는 들리지 않는다.

그 앞에 서기만 하면 내가 아무리 노력한다고 해도 도저히 닿을 수 없을 것 같다. 높게만 보이는 산맥 같은 이름 있는 작가들의 책을 마주할 때는 자괴감마저 들어 저절로 힘이 빠져버리는 참담한 심정이 드는 시간도 있다. 그런 날이면 그만 포기해버릴까 하는 마음이 생겨 지레 겁먹은 사람이 가보기도 전에 무릎을 꿇고 싶을 때도 있을 것이다.

그럴 때는 글쓰기 역시 높은 산을 오르는 등산과 같다는 문인들의 말을 떠올리며 마음을 다잡게 필수다. 그들(이름 있는 작가)의 처음을 생각하며 그들 역시 나와 같았을 거라는 생각으로 나 스스로를 믿으며 "나는 할 수 있다."라는 자기최면을 걸어서라도 일어서야 한다.

우리가 등산을 가면 긴 오르막을 오를 때 위를 쳐다보고 걸으면 언제 저길 오르나 싶어 다리가 풀릴 때가 있다. 위를 보면 볼수록 더 멀어 보이고 그러다 마음마저 조급해지면 맥이 빠져 지레 지쳐버린다. 그럴 때는 잠시 멈추어 지나온 길을 돌아보면 내가 저 길을 걸어왔나 싶어 스스로 대견해 보이고 지나온 길이 정말 아름답게 보일 것이다.

　그렇게 발밑만 내려다보며 한 걸음씩 떼다 보면 언제 왔는지 모르게 오르막이 끝나고 편한 길 아니면 내리막이 나온다. 읽고 쓰는 것도 그렇다. 나보다 나은 사람을 쳐다보면 나는 항상 모자라고 나보다 못하다 싶은 사람을 보면 내가 가진 것에 감사하게 된다. 사람은 상대를 통해 자신을 정의하는 것이기에 이 같은 비교는 죽기 전에는 변하지 않는다.

좋아하는 작가의 책을 읽다가 마음이 열리는 경험을 한다.
그러면서 세상과 소통하고 싶은 욕구, 자신의 감정과 생각을
다른 사람과 나누고 싶은 마음이 생긴다. 이런 과정은 내 영역을
넓혀주고 내가 앞으로 어떻게 쓸 것인지에 대해 힌트를 얻는다.

# 이청준과 만나는 날

　오늘 서점에서 서른 권 가까운 이청준 전집을 가방에 담았다. 주인이 천 가방 두 개에 나누어 담아주는 책을 양쪽 손으로 들어도 무겁다. 차를 세워둔 주차장까지 걸어가다 힘들어 길옆 의자에 앉았다. 이제 이것을 마음먹은 대로 한권 빼놓지 않고 오늘부터 읽으려고 한다. 이청준의 문학 세계로 들어가 구석구석을 살피며 그와 이야기 나눌 것이다. 그런다고 그를 속속들이 알기야 하겠냐마는 그래도 그가 살았던 집을 담 밖에서 보는 게 아니라 직접 문을 열고 들어가 내 마음대로 살펴볼 것이어서 바깥에서 보는 것하고는 많이 다를 것이다.

　오랜 시간을 집의 내력과 구조를 낱낱이 들여다보고 이쯤이면 됐다 싶을 때까지 있다가 나올 참이다. 그러고 나서 내가 지을 집을 어떻게 지어야 할지를 생각할 것이다. 우선 남에게 보기 좋아야할 건지 아니면 나만 편하면 될 건지…… 그의 집을 나올 때 얻은 것이 많다면 그에 따라 겉도 보기 좋고 내부도 편한 집을 짓게 될 런지도 모른다. 분명한 것은 이청준의 집을 살펴본 다음 거기서 얻는 것도 내 안에 쌓아두었다가 때가 되면 내 능력 따라 분수에 맞게 지을 것이다.

오늘 이청준의 집 현관(玄關)앞에 서 있다. 현관문을 열고 들어가면 집안에 많은 문이 있을 것이다. 하지만 문을 여는 법은 아무도 일러줄 수 없다. 스스로 깨달아 직접 손으로 열고 들어가야 한다. 그리고 내가 조심해야 할 일은 이청준의 집 방문을 힘으로 열거나 잡아당기며 억지 부려서는 안 된다. 그곳에서 그가 주는 대로 받으며 마음 비운 채, 곳곳에 숨겨진 방을 찾아 들어가 그를 생각할 것이다. 바람과 물소리가 듣기 좋은 건 부드럽기 때문이고 절에서 들리는 범종 소리가 듣기 좋은 건 속이 비어 있기 때문이다.

이것이 현인들이 말하는 도(道) 아닌가. 바람과 물소리를 듣는 것처럼 빈 마음으로 남의 말을 들으면 그것도 도(道)라 할 수 있지 않을까. 나도 이청준의 말을 그 마음으로 듣고 싶다. 그러면 그의 말이 범종 소리처럼 울릴 것이고 그 울림은 내 안에서 오랜 시간 맥놀이 하며 잠든 귀를 열리게 할 것이다.

바닥에 놓인 가방에 든 책을 보며 이청준의 집은 저리도 보기 좋은데 내가 만약 집을 짓게 된다면 어떤 집을 짓게 될까. 가방 안에 든 두꺼운 책을 쳐다보며 얇은 종이 한 장 한 장이 쌓여 지금 같은 무게가 되기까지 작가는 이 책 속에 얼마만큼의 땀을 흘렸을까 하는 생각에 고개 숙여진다.

평생 작가로 살다간 이청준이 살던 마을 느티나무 같은 그의 삶이 그려진다. 그런 삶의 무게에 비하면 지금 내 무게는 얼마만큼 일까. 견주어 무게를 가늠하는 것이 차마 부끄럽지만 그래도 그가 밟아 만든 길을 따라가야 하는 것이기에 내 근기(根機)가 어디쯤인가를 생각하지 않을 수 없다.

오늘 이청준의 집 현관(玄關)앞에 서 있다.
현관문을 열고 들어가면 집안에 많은 문이 있을 것이다.
하지만 문을 여는 법은 아무도 일러줄 수 없다.
스스로 깨달아 직접 손으로 열고 들어가야 한다.

# 메모하는 습관

　메모의 중요성은 두 번 강조할 필요 없이 글 쓰는 사람이면 누구나 가장 중요하게 생각하는 것이 메모하는 습관이다. 이 습관에 길들면 자기가 움직이고 머무는 어느 곳에든 메모할 준비를 하고 있어야 한다. 요즘은 스마트폰이 있어 길을 걷다가도 잠깐 멈추어 서서 손가락으로 쓴 다음 폰에다 저장할 수 있고 어디를 가든 메모할 수 있다. 심지어는 화장실에 앉아 볼일 보면서도 원고지 한두 장 정도는 쓸 수 있는 세상이다. 예전 같으면 일일이 종이에다 펜으로 메모하려면 어려운 일도 많았지만, 지금 세상은 그만큼 편해졌다. 옛날 작가들은 어떻게 했을지 지금 생각해도 궁금하다. 아무것도 없을 때는 떠오른 생각이 달아날까 봐 온갖 방법으로 기억했을 것이다.

　글쓰기의 첫 번째가 메모하는 것이다. 글 쓰는 사람은 책상 앞에 앉는 것만으로 글이 쓰이는 것이 아니다. 일상에서 생기는 거의 모든 일이 글쓰기의 또 다른 형태다. 퇴고는 글을 쓴 다음에 하는 것이지만 준비하는 일에는 지금이 그때라고 정해놓지 않았다. 언제든 머리에 떠오른 생각에 펜을 잡으면 그때부터가 시작이다.

# 중년의 문학

　문학을 하는 일이란 어떻게 보면 한 사람의 가장 성실한 자기 진술이라고 할 수 있다. 특히 중년의 문학은 그 행위가 남을 위해서도 아니고 오직 세상과 자기와의 만남을 위한 것이다. 그것만으로 새로운 것에 대한 눈뜸이며 누추한 생활을 뛰어넘는 힘을 가지는 일이다.

　문학은 고독할 줄 아는 작가의 삶의 무게 그 자체이기 때문이다. 그것은 젊은 시절을 지나 또 다른 세계로 들어가는 현관 앞에 서는 일이다. 문은 누군가 열어주는 것이 아니라 제 손으로 열어야 한다. 열고 들어가서는 내 인생의 경험으로 글을 쓰고 그것으로 다시 인생과 세상을 돌아보아야 한다. 삶을 살아낸 인생의 깊이가 문학을 더 깊이 있게 만드는 것이다. 이렇듯 자신을 사랑하는 것은 세상을 사랑하는 것이기에.

　조정래 작가는 문학은 길 없는 길이고, 쪽배로 바다를 건너는 일이며, 낙타 없이 사막을 건너는 일— 이라고 했다. 문학은 미문(美文)이나 화려한 말장난이 아니라 어떤 관심도 받지 못하고 사라져가는 것, 어떤 기억의 보살핌도 받지 못하고 잊혀가는 것을 살피고 기억하는 일이 되어야 한다. 그런 다음 그 안으로 스며들어 그늘지고 낮은 곳에 있는 것, 소외되어 버림받은 것들을 밝은 곳으로 끌어올리는 것이 작가의 소명이다. 어차피 작가의 삶이란 혼자 걷는 데 의미가 있는 것이고 그 길이 외롭고 고통스럽더라도 그것을 견디는 일이다.

"나이 먹을수록 제 안부터 허무는 느티나무를 부러워한다."— 류시화. 나도 그런 느티나무가 부럽다. 중년의 문학이라는 것은 중년을 넘었기에 가능한 원숙한 세계인식, 삶에 대한 중후한 감수성, 이것에 따르는 노련함, 사물에 대한 너그러움과 지혜가 쌓일 때다. 그때의 문학은 나이 들었기에 가능한 관용과 이해의 정서가 묻어나는 것이다.

그래도 경계해야 할 것은 글을 쓸 때 자신의 일을 객관적으로 바라볼 수 있는 균형 잡힌 마음이 꼭 필요하다. 내가 삶에서 경험하고 고생한 것에 비례해 가치판단을 하는 것은 자칫 객관성을 잃게 될지도 모른다. 중년을 넘어 쓰는 글이란 자기감정을 비추는 정직한 거울이다. 자신을 돌아보며 마음을 다잡는 일에 게으르다면 호랑이를 그리려다 고양이를 그리는 일이 되고 만다.

내 서재에 남해 매물도의 둥근 바다 돌과 지금은 댐으로 변해 물속에 가라앉은 청풍이라는 남한강 마을 돌밭에서 얻은 물고기를 닮은 돌이 있다. 책상 의자에 앉아 책 읽거나 글 쓰다 기지개 켜며 그냥 한 번씩 쳐다보는 돌이다. 멍한 눈으로 돌에 박힌 물고기 눈과 바다 돌의 불꽃 문양을 물끄러미 쳐다보고 있으면 어수선하던 마음이 차분해진다. 둘 다 둥글고 세월에 부대낀 흔적이 역력하고 겉은 더없이 부드럽고 매끈하다. 처음에는 온몸이 모났던 돌이 파도에 할퀴고 서로 부딪혀 둥글 때까지 얼마만큼의 세월이 흘러야 저리도 둥글고 부드러울까. 책상 앞 돌을 보며 나를 돌아본다.


물돌 하나를 손에 들어본다.
얼마나 오래 구르고 부딪쳤으면 이렇게 둥글어졌나.
얼마나 몸 부비고 눈물 흘렸으면 이렇게 둥글어졌나.
손에 있던 돌 내려놓으니
더 무겁다.


―류시화의 '물돌에 대한 명상' 한 구절이다.


중년의 문학이라는 것도 물돌처럼 둥글어졌을 때가 아닐까 싶다. 글 쓴다는 것 또한 둥글다고 그냥 쓸 수 있는 것이 아닐 것이다. 삶의 수많은 고통과 슬픔에 몸 비비며 물돌 같이 둥글어지고 나서야 중년다운 글을 쓸 수 있을 것이다.

# 뮤즈는 없다

내가 알기로 사람들은 피아노 천재, 축구 천재, 아무튼 어떤 것에 천재라는 말을 수없이 하지만 글쓰기 천재라는 소리는 하지 않는다. 사람 하는 일에는 어떤 것에든 남보다 뛰어난 사람이 있기 마련인데, 어릴 때 두각을 나타내어 신동이란 말은 들어보았어도 글쓰기의 천재라는 소리는 아직 듣지 못했다. 다른 분야에서는 어릴 때부터 천재라는 소리를 듣는 사람이 있지만, 글쓰기에는 천재가 없다. 어떤 학문이든 끝없는 자기노력과 정진 없이는 다른 사람에게 인정받는 경지에 오를 수 없다. 오른다 해도 극히 드물다. 마찬가지로 글 쓰는 일도 끊임없는 공부와 부단한 자기노력이 따르지 않으면 제대로 된 어떤 글도 쓰지 못한다.

나도 한때는 글 잘 쓰는 특별한 사람이 있어 펜을 들기만 하면 안에서 글이 술술 나오는 줄만 알았고 책상 앞에 앉으면 저절로 글이 떠오르는 줄 알았다. 이제 내가 글을 쓰면서부터 알게 되는 것은 그런 꿈같은 일은 꿈속에서도 생기는 일이 없다는 것이다. 간혹 어떤 이는 신 내림 한 것처럼 글이 안에서 쏟아지듯 뿜어 나올 때가 있다고 한다. 알고 보면 그것도 그 사람의 자기최면 같은 데서 오는 잠깐의 착각이다. 그것은 오랫동안 자기 안에 쌓인 것들이 어떤 매개(媒介)를 만나 순간 발화되는 것이지 예술인들이 그토록 열망하는 뮤즈(예술과 학문의 신)가 온 것은 아니다.

공부하지 않고 책 읽지 않는데 어떻게 글을 쓸 수 있겠는가. 내가 공부하고 배운 만큼 누에가 입으로 실을 토해내듯 안에서 나오는 것이 글이다. 뽕잎을 먹지 않은 누에가 어떻게 실을 토하겠는가. 글쓰기만큼은 정직한 농부의 농사짓는 법과 같아서, 자기가 심은 대로 뿌린 대로 싹터서, 자란만큼 한 치 에누리 없이 거두는 법이다.

내가 읽은 만큼 써지고 공부한 양대로 안에 쌓여 그것이 숙성되고 익어 내 것이 된 다음 쓴 글이라야 남에게 인정받는다. 우리는 돈만 저축하는 것이 아니라 내가 하는 공부와 함께 추억도 저축하는 것이다. 나도 한때 어쩌면 내게도 뮤즈가 올지도 모른다고 치기어린 생각을 한 적이 있었다. 그것이 한낱 꿈인 것을 알고 문학과 글쓰기를 알아가는 지금, 나에게 글 쓰는 일은 견디기 어려운 고통이자 기쁨이다.

세상 모든 것에는 변하지 않는 원리가 있다. 처음 자전거를 배울 때 자전거에 올라 페달을 밟지 않으면 곧바로 넘어진다. 넘어지지 않고 앞으로 나가려면 계속 페달을 밟아야 한다. 작가가 되어 글을 쓰려고 마음먹었다면 자전거 페달을 밟는 일은 책 읽는 것과 같다. 이것이 어디 자전거 타는 것과 글쓰기뿐이겠는가. 내가 만나는 세상 모든 일에는 이 같은 원리가 어김없이 들어있다. 그런 까닭으로 자전거가 저절로 굴러가는 기적 같은 일은 없고, 글 쓰는 일에도 뮤즈는 없다.

공부하지 않고 책 읽지 않는데
어떻게 글을 쓸 수 있겠는가. 내가 공부하고 배운 만큼 누에가
입으로 실을 토해내듯 안에서 나오는 것이 글이다. 뽕잎을 먹지
않은 누에가 어떻게 실을 토하겠는가.

# 술꾼과 시인

나는 술을 잘 마시지 못한다.

소주 몇 잔 정도야 모르지만, 이삼차로 이어지는 술자리는 내 주량으로 감당이 안 된다. 그 때문에 어려운 일도 많았고, 술 마시는 이야기가 나오면 아예 입을 닫아버린다. 그래서인지 차츰 나이 들수록 귀에 거슬리는 말 가운데 하나가 "어제저녁 술을 너무 많이 마셨다."는 소리다. 잠깐 보는 사람 말이라면 쉽게 흘려들을 수도 있지만, 자주 얼굴 맞대는 사람이 하는 말은 듣기 불편할 때가 있다. 나와 가까운 사람이면 더 그렇다.

만날 때마다 자주 하는 소리여서 인사치레로 듣지만, 어떤 날은 할 말이 그것밖에 없을까 싶어 답답한 생각도 든다. 술을 마시게 되는 이유가 자기를 찾는 사람이 많고 술자리에서는 그만큼 인기 있다는 은근한 자랑 기마저 느껴져, 술이 약해 그렇게 못 하는 나는 개밥에 도토리처럼, 애꿎은 전화기만 주무르며 듣고 있다.

한자리에서 끝내지 못하고 다른 자리에서, 또 다른 자리로 옮겨갈 때는 내가 그들과 더는 함께할 수 없다는 생각에 마음이 서글퍼지는 것이다. 그럴 때마다 나는 '이게 아닌데' 하는 생각을 지울 수 없다.

술 잘 마시는 사람은 온 사방에 지천으로 널렸지만, 시를 잘 쓰는 사람은 밤하늘 별똥별만큼이나 귀하다. 나에게 어제 마신 술을 이야기하는 사람 중에는 나와 같은 길을 걷는 사람도 있다. 그중에는 함께 등단해(서울서 학원 강사를 하다 같은 해 나와 같이 등단했고 술이 과한 편이다) 친구처럼 지내기로한 시인도 있다. 처음 만날 때는 시를 쓰는 이유 하나만으로 무작정 좋았고 그에게 무언가 배우겠다는 바람도 있었다.

하지만 그 기대가 갈수록 사그라지고 그에게 처음 느꼈던 인격의 고즈넉함도 전과 다르다. 지금 모습은 실없는 거탈과 내면의 비대칭에 때로는 지루한 생각마저 든다. 그래도 나는 지금까지, 그 친구가 언젠가는 시를 쓸 거라는 바람의 끈을 놓지 않았다. 내가 좋아하고 기대했던 그가 정말 술만 잘 마시는 사람이라면 그것이 내 기대를 허물겠지만, 언젠가 고개 끄덕이며 두세 번 읽을 수 있을 만큼의 시를 쓴다면 그로 말미암아 수많은 슬픔이 내게서 사라지게 할 것이다.

술과 시가 서로 조응하며 다 잘 할 수만 있다면 더는 바랄게 없겠지만, 그 같은 경계는 참으로 어렵다. 수필가 윤오영은 술 마시는 사람의 경지를 "애주가(愛酒家)는 술의 정을 아는 사람, 음주가(飮酒家)는 술의 흥을 아는 사람, 기주가(嗜酒家) 탐주가(貪酒家)는 술에 젖고 빠진 사람이다. 같은 술을 마시는데도 서로 경지(境地)가 이렇게 다르다."라는 글이 있다.

술 마시는 의미를 안다는 것은 마시는 양의 많고 적음에 있지 않듯, 술이 우리에게 어떤 것인지 나는 내 방식으로 알지만, 전부를 아는 것은 아니다. 그러나 윤오영의 이글을 이해하고 좋아한다면 술에 대해 모른다고 할 수는 없지 않은가. 한 가지 분명한 것은 내게 한정된 시간, 술에 빠져 술 마시느라 시간 허비하기 싫으며, 그러다 세상과 이별하고 싶지 않다. 술꾼이나 시인, 꽃과 나무, 여기에 온갖 것은 그대로겠지만, 얼마간 세월이 흐르고 나면 우리가 이곳에 머물 수 없는 날이 올 것이다.

그러니 손에 술잔을 들고 있든, 시집을 들었든, 제 인생 제가 제대로 살았다면 아무것도 탓할 일 아니다. 중요한 건, 제가 제 삶을 살았다고 하는 것이 오직 남에게 보이기 위한 것이라면 정말 슬픈 일이다. 더구나 존재감을 드러내기 위한 자기기만만큼은 안 될 일이다.

2장

소통의 광장으로 들어서기

글 소재 찾는 일

타인의 시선을 의식하는 것

나중에 책 만드는 일

우리가 고전을 읽어야 하는 이유

연암 박지원을 읽으며

고전 속 글을 인용한 글쓰기

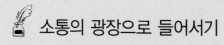# 소통의 광장으로 들어서기

　말하고 싶은 마음이 참기 어려워 아무도 없는 벌판에서 "임금
님 귀는 당나귀 귀"라며 소리치던 사람같이 시원한 울음에는 일
종의 감미로움과 배설의 쾌감이 함께하듯이 글이라는 것도 이
것보다 더 오묘한 쾌감과 감미로움이 있다. 실컷 울고, 실컷 웃
고 나면 마음에 빈 공간이 생겨 허당습청(虛堂習聽: 방에서 소리를
내면 울려서 들림. 착한 말을 하면 천리 밖에서도 응한다는 뜻.)의 경우처
럼 범종소리가 종 안의 빈 공간에서 맴놀이 하듯 내 안에서 공
명이 일어나는 것이다.

# 글 뜸들이기

　수필가 김태길의 '글을 쓴다는 것'이라는 수필에 "칭찬과 격려를 듣고도 자기의 글을 발표하고 싶은 생각이 일지 않을 만큼 욕심 없는 사람은 거의 없다. 그래서 노트 한 구석에 적었던 글을 원고지에 옮기고 그것을 어느 잡지사에 보내기로 용기를 낸다. 그것이 바로 그릇된 길로 가는 첫걸음이라는 것은 상상하지도 못하면서 활자의 매력에 휘감기고 마는 것이다." 그리고 마지막엔 글을 쓴다는 것, 그것은 즐거운 작업이어야 하며, 진실의 표명이어야 한다. 그러기 위하여 우선 필요한 것은 나의 자아를 안으로 깊고 크게 성장시키는 일이라고 했다.

　작가는 아마 익지 않은 채 아래위 구분 못 하고 나대는 덤벙거림을 경계한 것일 터이다. 제 딴에는 익었다 생각할지 모르지만, 익고 안 익고는 술 마시는 사람(자기 글을 읽는 사람) 입안에서 판단 지어질 일이다.

글 쓰는 일이란 몸과 마음으로 익혀 어느 정도 깨달은 뒤에 입을 열어야 한다. 그런 과정도 없이 자기가 자기에게 도취해 쓰는 글은 허망하다. 그리고 설익어 정밀하지 못한 글에는 후진 거만이나 지루함만 있을 뿐 읽는 사람에게 어떤 감흥도 일으키지 못한다. 그러니 이런 글을 써서 무엇 하겠는가. 차라리 쓰지 않은 것만 못하다. 우리가 매일 먹는 밥 한 그릇도 그냥 끓인다고 되는 것이 아니라 익힌 다음 반드시 뜸 들이는 과정을 거쳐야 하는데 하물며 글이란 어떠해야겠는가. 한 끼 먹는 밥도 설익은 것은 밥알이 입안을 굴러다녀 먹어도 맛이 없다. 한번 활자로 변해 객관 물이 된 글은 그 끝이 언제가 될지 모른다. 그런데도 채 익지도 않은 글을 남 앞에 내놓은 그동안의 나는 무지(無知)해서 용감한 것인가. 아니면, 오갈 데 없는 오만인가.

등단하고 문필가가 되었으면 글이라는 것을 어떻게 써야 하는지 스스로 깨달은 사람이다. 우리가 배우는 목적은 언젠가는 자신을 표현하기 위한 것 아닌가. 작가의 인생에서 표현한다는 것은 선택의 문제가 아니라 존재에 대한 당위의 문제이기에. 공부의 목적은 결국 제 말을 하기 위한 것이고 작가란 나이와 상관없이 확고한 자기 세계에서 자기의 글을 쓰고 자기의 말을 하는 것이다.

내가 나의 주인으로 산다는 것은 다른 사람 눈치 보는 것이 아니라 내 말을 하려는 것인데 여기저기 눈치 보느라 마땅히 해야 할 일을 못 한다면 얼마나 안타까운 일인가. 삶의 궁극적인 동력은 자기를 표현하는 과정에 있다. 그것이 때로는 건방져 보이고 거칠게 보일 수도 있겠지만, 내 주체성을 침해하는 것에는 망설임 없이 저항할 것이다.

　분명한 것은 내가 아무리 노력한다고 해도 남에게 칭찬받을 만큼 좋은 글을 쓸 수 있을지도 모르겠고, 내가 가진 밑천으로는 기대하기 어렵다. 더구나 나는 늦깎이 문인으로 배움도 짧고 내게 한정된 시간도 그렇다. 어쩌면 누구에게나 내보일 명품이 될 만한 글은 단 한편도 쓸 수 없을지 모른다. 그래도 바람이 있다면 글쓰기에 대한 열정과 나에게서 뜻밖의 재능을 발견하고 그것을 선뜻 말해줄 수 있는 스승다운 스승을 만나고 싶다. 어떻게 알겠는가. 내일 당장 만날지도 모르고 어쩌면, 이미 내 곁에 와 있는지도 모를 일이다. 내가 알지 못할 뿐.

　항구에 묶여있는 배도 배임은 틀림없지만, 계속 묶인 채로만 있다면 배로서의 의미는 상실한 것이다. 진정한 배의 의미는 넓은 바다로 나가 어딘가를 향해 항해할 때이다. 늘 항구에 묶여 안전한 것보다 험한 파도를 헤쳐 나가며 길을 찾으려다 폭풍을 만나 좌초한 배는 묶여 있는 배보다는 몇 곱절 아름답다.

자기가 자기에게 도취해 쓰는 글은 허망하다.
그리고 설익어 정밀하지 못한 글에는
후진 거만이나 지루함만 있을 뿐 읽는 사람에게
어떤 감흥도 일으키지 못한다. 그러니 이런 글을 써서
무엇 하겠는가. 차라리 쓰지 않은 것만 못하다.

# 소통하고 싶은 마음

내가 존경하는 문인 가운데 한 분이 어느 날 내게 이런 충고를 했다. 자기가 쓴 글을 함부로 내보이는 것이 아니고 인터넷에 올리는 것도 말린다. 그분이 왜 그러는가를 이해한다. 충고의 의미가 무얼 이야기하는지도 알고, 글 쓰는 사람 처신이 어떠해야 하는지 나도 그쯤은 안다. 그런데 내 생각은 다르다. 글 쓰는 사람이 글을 쓰는 것은 자기 삶에 관한 표현과정이 되어야 하고, 우리가 애써 배우는 목적은 결국 자기 말하려는 것 아닌가. 사람은 표현할 수 있을 때 자긍심도 생기고 삶의 의미가 있다. 여자가 화장하고 남자들이 멋 부리는 것도 자기표현의 하나다. 그들에게 사람들이 예쁘다, 멋있다고 하면 그 말을 듣는 순간 금방 자긍심이 살아나고 존재감이 높아진다. 누군가 나를 바라보는 사람이 있다는 생각, 그것만으로도 삶의 의미는 확 달라진다.

내가 쓴 글을 읽는 사람이 있다는 사실 하나만으로 글 쓰는 이유를 갖게 할 만큼 큰 의미를 지닌다. 그것은 내 삶을 추동(推動)하는 힘이다. "군자저서전유구일인지지(君子著書傳唯求一人知知) 군자가 책을 써서 전하는 것은 다만 그 책을 알아주는 한 사람을 구하기 위해서다." 다산 선생의 말이다. 어떤 사람이 뭐라고 해도 내 작가적인 의도만 알아준다면 나는 그것으로 만족한다.

글 쓰는 사람이 저마다 가진 능력대로 자기가 쓴 글을 어떤 이유로든 남에게 못 내놓고 혼자 가지고 있다면 새장에 갇힌 새처럼 답답하다. 나중에 그것을 모아 책으로 낸다면, 그것을 본인이나 가까운 몇 사람 말고는 다른 사람이 제대로 읽어주겠는가. 그 노력의 대가가 누워 침 뱉는 것처럼 자기 말로 그친다면 정말 서글픈 일이다. 기밀문서나 일기장도 아니고 누구도 읽어주지 않는 글, 그것도 글이라 할 수 있을까.

일기도 작가의 생전에 책으로 나와 사람들에게 공개되는 일이 많다. 이름 있는 작가건 글쓰기 초보자건 내용의 좋고 나쁨을 떠나 내 기량만큼 열심히 써서 배운 대로 퇴고한 다음 사람들과 소통하는 것은 권장할 일이지 막을 일이 아니라는 게 내 생각이다. 그런 가운데 실력이 향상되고 남에게 읽히면서 얻어지는 것을 통해 내가 어떤 공부를 해야 하는지를 배운다. 좋은 글은 그런 과정을 거치며 써지는 것이라 믿는다.

내 곁에 훌륭한 작가와 능력 있는 문인들이 많다. 하지만 그분들이 내 삶에 기쁨을 주지 못하고 그분들과의 만남으로 마음 설레는 일도 그리 흔치않다. 시간은 빠르게 흐르고 마음은 바쁜데 많이 배우며 소통하고 싶은 생각은 내 안에서 자꾸만 꿈틀거린다. 그러던 어느 날, 글 쓰며 만나게 된 인터넷 '블로그나 카페 마당'은 내 삶에 사랑을 일깨우고 젊은 시절 좋은 책을 읽으며 두근거리던 가슴을 다시 뛰게 했다. 차츰 사라질 것만 같았던 문학에 대한 열정을 불러일으켜 글 쓰는 힘을 실어주었다. 이처럼 광활한 소통의 공간을 만든 건 달라진 세월 탓도 있겠지만, 아무튼 나는 운이 좋은 편이다. 만약에 내가 그곳을 알지 못했다면 지금 어떤 삶을 살고 있을까.

컴퓨터로 글 쓰며 그것을 안 것은 하마터면 못 갈 뻔했던 세계로 내가 나를 데려가는 일이다. 내가 문인의 길을 걸어야 한다면 이제라도 두려운 마음을 벗어던지고 내 안에 새로운 삶에 눈을 떠야 한다. 그리고는 새장 속을 벗어나 광활한 하늘을 날아올라야 한다.

일기도 작가의 생전에 책으로
나와 사람들에게 공개되는 일이 많다. 이름 있는 작가건
글쓰기 초보자건 내용의 좋고 나쁨을 떠나
내 기량만큼 열심히 써서 배운 대로 퇴고한 다음
사람들과 소통하는 것은 권장할 일이지 막을 일이 아니라는 게
내 생각이다.

# 글 쓰며 경계해야 할 일

  사람과의 일에서 생기는 가장 어려운 일은 말해야 할 때 침묵하는 것과 침묵해야 할 때 말하는 것을 가리는 일이다. 해야 할 일에서 어떤 것을 먼저하고 또 나중에 해야 하는지를 판단하는 것도 그중 하나다. 요즘 나는 어떤 일과 마주할 때 내가 미워질 때가 많다. 젊어 일할 때는 사는 게 어렵고 바빠서 그렇다고 하겠지만, 숨 돌릴 만해서는 후진 거탈과 오만이 각질처럼 마음속에 눌어붙어 나를 돌아보지 않았다. 하지만, 세월이 흘러 작가로 글 쓰게 된 지금, 그나마 전과 다른 모습을 보여야 할 것인데 마음만 앞서고 다른 것들은 따라와 주지 않는다.

  아직도 달라지지 않은 것은 남을 칭찬하는 일에 인색하고, 오히려 내가 남에게 칭찬받거나 위로받고 싶은 마음이 안에서 꿈틀대는 것이다. 행여 그런 생각이 내 안에서 밖으로 삐져나오게 한다면, 내가 가졌다고 생각하는 것 중에 어떤 것들은 내 안에 있어도 그것은 내 것 아니다.

나와 함께하는 사람에게서 뜻밖의 능력과 선함을 보고 그것을 선뜻 말해줄 수 있는 너그러움은 갈수록 줄어든다. 언제 어디서든 나서기 좋아하는 것도 세월이 흐른 지금까지 못 고치는 고질병이다. 다른 사람이 말하는 중간에 이때쯤, 한마디 해야 한다며 거들고 나서는 버릇도 나아지지 않았다. 이 얘기 저 얘기 주절주절 늘어놓지 않고 곧장 핵심으로 날아가는 날개의 힘도 사그라지고 중언부언 메마른 말뿐이다.

남의 아픔을 알면서도 모른 체하는 비정함, 내가 쓴 글은 남이 읽어주기를 바라면서 남의 글은 읽지 않는 몰염치, 내가 인터넷에 올린 글에는 많은 댓글이 달리기를 기대하면서 남이 올린 글은 제목조차 읽지 않고 스치는 이기심, 상대가 나에게 오기만을 바라고 나는 상대를 향해 한 발짝도 다가가지 못하는 비겁함, 남이 하면 불륜이고 내가 하면 로맨스라는 민 낯의 뻔뻔함, 나는 이렇게 때 묻고 너덜거리는 옷을 껴입고 사는 인간이다.

계절이 몇 번을 바뀌어도 벗지 못하고 행여 이것마저 벗겨질까 두 손으로 껴안고 있다. 남들은 오래전부터 계절 따라 옷을 갈아입는데, 나는 몇 번의 계절이 바뀌어야 하고, 옷이 얼마나 더 때 묻고 해져야 입은 것을 벗고 새 옷을 입을 수 있을까.

힘이 없으면서 힘자랑하는 것 그것이 바로 어리석은 사람의 힘이다. 나는 내 생각과 다른 사람 생각이 부딪혔을 때 일어날 일에 대해 '혹시나' 하고 생각한 적이 몇 번이나 있는지 돌아보면 잘 기억나지 않는다. 그만큼 제멋대로 살았다는 증거다. 이렇게 막 살은 나는 앞으로 몇 번의 반성문을 더 써야 할지 모르겠다.

　고진화 시인의 시(詩) 한 구절을 옮긴다.


　나 아닌 것들을 위해
　마음을 나눌 줄 아는 사람은
　아무리 험한 날이 닥쳐오더라도
　스스로 험해지지 않는다.
　부서지면서도
　도끼날을 향기롭게 하는
　전단 향나무처럼……

나와 함께하는 사람에게서
뜻밖의 능력과 선함을 보고 그것을 선뜻 말해줄 수 있는
너그러움은 갈수록 줄어든다. 언제 어디서든 나서기 좋아하는
것도 세월이 흐른 지금까지 못 고치는 고질병이다.

# 글 쓰는 사람이 경계해야 할 일

　나는 어느 날 생각지도 않은 행운이 찾아와 꿈을 이루었다. 초라한 이름으로 이곳저곳을 기웃거리다 우연히 신문에 글을 쓰게 되고 남 앞에 나서는 일이 더러 있었다. 그러던 어느 날 문득 나를 남처럼 바라보며 물은 적이 있다. 지금 쓰고 있는 글이 남을 아프게 하는 건 아니냐고 묻고. 내 말을 하면서도 여러 사람이 하는 말이라고 남을 속이지 않았느냐고 물으며. 배운 지식이 예리하다는 것을 믿고 날카로움을 가장해 남을 찌르기 위한 것이 아니었냐고 물었다.

　생각해보면 참으로 그런 일이 많았다. 내가 휘두른 칼에 찔려 상처 입은 사람도 부지기수고 지금도 피 흘리는 사람이 있을 것이다. 붓의 힘은 총칼보다 강하지만 잘 못쓰면 칼보다 더 무서운 것이라는 걸 나는 지금에 와서야 알게 되었다.

처음에는 내가 얻은 지식으로 만든 칼의 날카로움은 남을 찌르기 위한 것이 아니라고 생각했다. 사물의 깊은 곳을 헤아리는 마음의 눈과 세상을 꿰뚫어보는 예지가 들어있는 걸로 알았다. 그런 줄로만 알고 남 앞에서 의기양양했다. 이런 내 모습이 다른 사람 눈에는 어떻게 비쳤을까. 내 딴에는 남의모습을 내 잣대로 재단한 다음 그것을 비판한답시고 칼을 휘둘러 상처 주었을 것이다. 지금에 와서 생각하면 나 역시 내가 비판했던 그들과 똑같은 모습이거나 아니면 그보다 더 했을 것이다.

이런 내 모습을 본 것은 나도 이제 책을 써야겠다는 생각을 하고 부터다. 그동안 쓴 글을 다시 읽으며 어떤 글에는 오만과 무지가 구석구석 달라붙은 것을 알았다. 그것을 알고부터 가끔 내 책상 앞에 앉아 생각에 빠져드는 시간이 많다. 그 순간은 나를 돌아보는 시간이다. 나의 이런 사색은 가던 길을 멈추고 한 번쯤 돌아가는 길을 생각하게 만든다. 피는 꽃이 지는 꽃을 만난다는 시인의 시어(詩語)처럼 지금 쓰는 글도 말(言)처럼 가는 것이 오는 것이라는 걸 알고 있다.

"입에 들어가는 것이 사람을 더럽게 하는 것이 아니라 입에서 나오는 그것이 사람을 더럽게 것이니라." 마태복음 15장 11절의 성경 말씀도 자주 되새긴다. 언젠가는 내가 잘못 살은 시간의 보복을 받을 것이지만, 두려워하거나 피할 생각은 없다. 그래도 그동안 공부한 깜냥으로 자업자득이란 말을 알고 있고 그것이 진리라는 것도 믿는다. 내가 지은 것이니 내가 받을 수밖에.

내가 그동안 오만했던 것은 어떤 위대한 것에 대한 충격이 없어서다. 한동안 세월이 흐르고 난 다음 다시 나를 돌아보는 시간이 오면 그때부터는 내 인생의 경험으로 글을 쓰게 될 것이다. 그것으로 다시 세상을 돌아보고 내 길을 가야 한다. 그때는 인생의 깊이가 내가 하는 일을 더 깊이 있게 만들 것이다. 내가 잘못 살고 있다는 생각으로 나를 돌아보는 것은 내가 제대로 살수 있는 가능성의 지표가 된다. 자신의 기쁨을 쉬이 고통으로 바꿀 준비가 되어 있는 사람은 어떤 고통도 기쁨으로 바꿀 수 있는 것처럼.

사색은 가던 길을 멈추고
한 번쯤 돌아가는 길을 생각하게 만든다.
피는 꽃이 지는 꽃을 만난다는 시인의 시어(詩語)처럼
지금 쓰는 글도 말(言)처럼
가는 것이 오는 것이라는 걸 알고 있다.

# 칼럼을 쓰며

나는 칼럼을 쓰며 누구의 눈치 보지 않고 살면서 보고 느낀 대로 생각을 정리해 글을 쓴다. 되도록 어느 것에도 치우치지 않고 객관적인 눈으로 사물을 바라보고 독자의 눈이 되려고 노력한다. 그렇게 쓴 글을 읽고 누군가는 아픔을 느끼는 사람이 있을 것이고 또 다른 사람은 배설의 후련함을 느끼는 사람도 있을 것이다. 아니면 말하고 싶은 것을 대신해주는 것에 대리만족을 할는지도 모른다.

글 때문에 아팠던 사람에게 미안할 일도 아니고 배설하는 후련함을 느낀 사람에게 고마워할 일도 아니다. 더러는 쇠귀에 경을 읽는 것처럼 아무 관심도 없는 사람도 있다. 비록 내 글이 쇠귀에 대고 읽는 경이라 하더라도 게 중의 한 사람이라도 내가 쓴 글에 귀 기울이는 사람이 있다면 그것 하나만으로도 보람된 것으로 생각할 것이다. 남 눈치 볼 것 없다. 내가 해야 할 것은 남이 나를 알아주지 않는 것을 신경 쓸 것이 아니라 내가 남을 알지 못하는 것을 걱정해야 할 일이다.

얼마 전, 내가 쓴 글 때문에 유독 아파하던 사람이 마음이 상했는지 아니면 편들어 주지 않은 내게 섭섭했는지 좋았던 사이에 틈이 벌어져 요즘 나와 악수조차 하려 하지 않는다. 그 사람을 염두에 두고 쓴 것은 아닌데 내가 쓴 글을 읽고 내용이 지금 그가 처한 일과 비슷하니까 오해한 것 같다. 내용은 사회 전반에 일어나는 개인의 이기심을 소제로 쓴 글이다. 그런데 글을 읽고 아팠다면 나름의 이유가 있겠지만, 당사자가 왜 마음이 뒤틀렸는지 거기까지 알고 싶지 않다.

까마귀 날자 배 떨어진다고 하필이면 그 사람이 글의 내용과 같은 처지일 때 올렸으니 오해 할만도 하지만, 그건 순전히 자기 사정이다. 이것저것 가려 글 쓴다면 어떤 글도 쓸 수가 없다. 글을 읽고 정말 아팠다면 자기가 그러하다는 사실을 스스로 인정하는 것이기에 더 말하지 않아도 된다.

시간이 지나면 저절로 가라앉아 제자리로 돌아올 거로 생각했지만, 제법 시간이 지나도 돌아올 기미도 보이지 않고 오히려 골만 깊어진다. 그가 정말 억울하다면 이렇게 위로하고 싶다. "억울함을 당해서 밝히려고 하지 마라 억울함을 밝히면 원망하는 마음을 돕게 되나니 억울함을 당하는 것으로 수행하는 문으로 삼으라." 보왕삼매론의 가르침이다. 나는 그가 이번 나 때문에 생긴 아픔이 정말 억울한 일이었으면 좋겠다. 바람이 지나가고 나면 다시 일어서는 풀잎의 모습이었으면 더 좋겠고.

비록 내 글이 쇠귀에 대고 읽는 경이라 하더라도
게 중의 한 사람이라도 내가 쓴 글에 귀 기울이는 사람이 있다면
그것 하나만으로도 보람된 것으로 생각할 것이다.

## 글 소재 찾는 일

글 소재 찾는 일이 어렵다는 말을 많이 듣는다. 한편으로 이해가 되는 말이기도 하지만 내 생각은 다르다. 그 같은 이야기를 자주 들었기에 그 말 또한 글 소재가 되어 이처럼 글 쓰게 된다. 사람에 따라 모두 다르겠지만 내 일상에서 일어나는 일 모두가 글감이 된다면 누군가는 아무것에라도 제목만 달면 모두 글감이 되는가라고 할지도 모른다. 아무튼, 나는 글감이 없어 어려움을 겪은 적은 없다.

# 누나의 책

중학교를 졸업하고 살던 곳에 큰 도로가 생기는 바람에 우리 식구는 제법 떨어진 곳으로 이사했다. 이사한 곳은 바다와 강물이 만나는 낙동강 하구 부근이었다. 산기슭에 집 지을 터를 빼고는 주변이 작은 수로와 습지처럼 큰 웅덩이가 많았고 넓은 주변은 온통 갈대밭이었다. 갈대밭 속에 들어서면 보이는 건 하늘 뿐 나는 그 속에 한 마리 작은 짐승과 같았고 그 둑길과 넓은 갈대밭이 좋아 어쩔 줄 몰랐다. 새로 이주한 곳에 집을 짓는 동안 틈만 나면 갈대 숲길을 돌아다녔고 큰 도랑에는 물고기들이 물 위로 솟구치며 만드는 둥글게 퍼지는 물결을 시간 가는 줄 모르고 보고 있었다.

그 시간 고기비늘처럼 비릿한 물 냄새와 갈대밭에는 무언가 익어가는 밥 냄새 비슷한 것이 지금도 내 안에 생생하게 남아있다. 어떤 날은 둑길을 따라 작은 마을을 지나 강물과 바닷물이 합쳐져 물살이 빠른 낙동강 끝에서 왼쪽으로 돌아 다대포 해안 가까운 곳까지 갔다 오곤 했다. 집으로 오는 길 해 질 무렵이면 물빛은 금빛으로 반짝이고 멀리 작은 고깃배와 을숙도 갈대밭 위를 나는 갈매기는 눈물이 나도록 아름다운 풍경이었다. 나중에 공단이 들어와 그 모습이 눈앞에서 사라질 때까지 나는 그곳에서 사계절의 변화를 바라보며 자연이주는 선물을 흠뻑 들이마시고 그 속으로 온몸이 녹아들었다.

지금은 옛 모습은 흔적도 없고 장마철이면 강에서 올라오는 잉어로 사람들이 소쿠리나 망태 같은 것을 들고 고기 잡던 큰 도랑은 공장폐수로 까맣게 변하고 그 위로 보랏빛 기름이 떠다닌다. 마을 뒷산에 소나무는 그대로인데 가을이면 물결처럼 넘실거리는 넓은 갈대밭은 이제 내 기억 속에만 남아있다. 바뀐 환경이 내 정서와 너무 잘 맞았고 그런 환경이 내 속에 짙게 배어들어 와 나를 그곳으로 불러들였다. 결국, 그런 환경이 지금의 내 모습 어느 한 부분을 만든 것이다.

누나가 잠자는 방은 부엌 위의 작은 다락방이었다. 작고 조금 어두웠지만, 어둠 때문에 아늑한 느낌이 들었다. 그곳에 이사하며 가져온 책과 누나 물건들이 가지런히 정돈되어 있었다. 방 한 구석에는 옛날 할머니가 쓰던 작은 나무궤짝이 있었고 거기엔 늘 작은 열쇠가 달려있었다. 누나가 없는 일요일 다락에 무얼 찾으러 갔다가 구석에 있는 궤짝 열쇠를 당겨보니 쉽게 열렸다. 호기심에 열어보니 안에는 누나가 아끼는 온갖 것이 들어있었고 구석 작은 종이상자가 있었고 그 안에는 동전이랑 돈이 들어있었다. 순간 동전 두 개를 꺼내 가지고 나갔다.

그때는 예전처럼 먹는 것에 유혹보다 만화방에서 만화나 무협지를 빌려 보는 것이 즐거움이었다. 그렇게 한 번 두 번 곶감 빼먹듯 돈을 훔치다 하루는 작은 공책에 눈길이 갔다. 뭔가 싶어 펼쳐보니 누나 일기장이었다. 그 속에 누나의 전부가 들어있었다. 학교에서 일어난 일 친구와 다툰 일 그중에서도 읽은 책에 관한 이야기가 많았다. 어떤 날은 내 이야기도 있었다. 없어지는 돈에 관한 이야기는 없었지만, 누나는 알고 있는 것 같았다.

읽어갈수록 누나의 세계와 나는 멀리 떨어진 다른 세계에서 살고 있었다. 항상 누나는 다른 누나들처럼 착한 여자로만 생각했는데 일기장에는 또 다른 세계의 누나가 들어있었다. 한참을 어두운 다락에 앉아 생각에 빠져들었다. 얼마나 있었을까. 내려오려다 마지막으로 열쇠를 제자리에 걸려고 하니 윗부분이 돌아가지 않았다. 애를 써도 그 부분이 돌아가지 않고 힘주어 돌리다 그만 부러지고 말았다.

일요일 나를 쳐다보는 누나의 표정은 오래전 어머니의 표정과 같았다. 그러고는 "이 책 한번 읽어봐라." 하며 건네주었다. 제목은 기억나지 않지만 중국 작가 임어당이 쓴 책이었다. 두껍지 않은 책이었지만, 책 속에는 인간이 가야 할 길 인간이 해야 할 일과 하지 않아야 할 일에 대한 자제와 절제를 가르쳐주는 교훈이 들어있었다. 내 방에 엎드려 날이 어두워지도록 읽었다.

부끄러워 누나의 얼굴을 볼 수가 없어 큰방에서 함께 먹는 저녁도 먹지 못하고 책을 마저 읽었다. 누나의 나무람 대신 전해준 이 한 권의 책이 나를 돌려세우고 제 갈 길을 가게 하였다. 그날 누나가 내게 준 한 줌의 물 때문에 내 삶의 작은 물길이 만들어지고 그 한줌의 선한 마음은 수많은 지식과 지혜를 뛰어넘을 수 있음을 알았다.

"이 시간 너는 잠들었는가…… 소리 하나 들리지 않는 이 침묵 속에서 난 지금 무얼 해야 하는 것일까. 나날을 충실하면 평생은 진실 될 것 아무리 작은 것이라도 방관하지 말아라. 건강하여라 또 편지 쓸게. 74. 6. 2 누나 씀."
내가 군에 있을 때 누나가 내게 보낸 편지 끝 부분이다.

# 글 도둑질 그리고 긴 이야기

나이 든 지금은 글 도둑질에 익숙하다. 아무리 훔쳐도 가슴 떨리거나 두근거리지 않고 내 마음대로 훔쳐도 뭐라고 말할 사람도 없다. 이 도둑질을 통해 내가 무엇을 할 수 있는지, 무엇을 해야 하는지를 알 수 있다. 단순히 훔치는 것만이 아니라 내가 무엇을 해왔는지, 내가 무엇인지, 어떻게 살아야 하는지를 배운다. 도둑질을 통해 많은 사람이 어떻게 실패하고 성공했는지 무엇을 사랑하고 무엇을 미워했는지를 알게 한다. "안씨가훈"에는 이것을 도둑질해서 제 것으로 만들면 하늘과 땅이나 귀신들도 가리거나 숨기지 못하는 일을 알게 해준다고 했다. 나이 들며 배우는 지금, 도둑질을 통한 삶의 기쁨은 말할 수 없이 크다.

내가 작가라는 사실을 떠올리는 것.

또 한해가 끝이 보인다. 내가 나이 들어간다는 것이 생각보다 마음이 조급해지거나 그리 힘든 일만은 아니다. 이 나이되도록 해놓은 것이 지난 과거를 돌아보며 손에 걸리는 것 하나 없이 흐르는 모래뿐일지라도 아직 내게 남은 시간이 그리 짧지만은 않다. 나이 들며 느끼는 것은 또 다른 기회이자 모험이며 성숙의 시간도 될 수 있다. 그리고 요즘 들어 내가 글 쓰는 작가라는 사실을 떠올리는 건 정말 즐거운 일이다.

쓴 글이 한편 두 편 쌓여갈수록 삶에 대한 기쁨의 추가 올라간다. 만약 이 나이되도록 아무것도 할 수 없었다면 내 삶은 가뭄에 말라 갈라진 논처럼 얼마나 황폐한 마음으로 살아갈까. 가슴에 든 것을 하나씩 끄집어내어 글 쓴다는 것은 그 시간 혼자 몰입하는 외로움보다 거기에 비례해서 느끼는 희열은 값으로 따질 수 없다. 속에든 조각들을 끄집어내어 흩어진 단어들을 퍼즐을 맞추듯 문장을 만들고 단락을 지어 한편의 글을 완성하는 그 과정은 내가 내 삶을 사랑하게 한다.

글쓰기와 독서는 우왕좌왕하던 내 삶을 안정시키고 파도에 들까불리는 작은 배처럼 위태롭던 나를 조용한 물가로 데려간다. 글 쓰는 힘은 세상 사람과 사물에 눈을 뜨게 하고 삶의 진정한 의미는 새로운 것을 보는 게 아니라 내 안의 눈을 뜨는 데 있다는 것을 배운다. 글을 쓰는 이유는 내 삶과 세상을 사랑하기 때문이고 그것은 내 마음 가장 깊은 곳에 있는 비밀이다.

작가란 연주자가 악기를 연주하듯 글을 쓰는 것도 누군가를 향하는 것이다. 독자를 위해서든 신에게 바치기 위해서든 아니면 나를 위해서든 하여간 어디로든 향해야 한다. 내가 배우는 것을 모르고 배우는 것이 진정한 배움이듯 온갖 사물을 향해 마음을 실으며 지금의 삶에 최선을 다하다 보면 나도 모르게 차츰 내 모습에 멋이 입혀지고 전에 없었던 여유와 사물에 대해 너그러움이 생길 것이다.

새벽에 일어나 글을 쓸 수 있다는 것은 이른 아침잠에서 깨어 옆에 누운 사랑하는 사람을 보는 것만큼이나 행복하다. 좋은 단어나 문장이 떠오르면 침대에 누웠다가도 책상으로 달려가고 밥 먹다가도 책상으로 가는 일은 내가 그 일을 끔찍이 사랑하지 않고서는 못하는 일이다. 나는 혼자 몰입하는 그런 시간이 말할 수 없이 좋다.

아무리 시간이 없어도 정말 사랑하는 여인이 있다면 언제든 달려갈 수 있는 것처럼 글쓰기도 사람을 사랑하는 것과 너무 닮았다. 작가의 길이라면 내게 남은 시간을 몽땅 바쳐도 좋을 만큼 의미 있고 아름다운 이상이다. 이것은 지금 내가 확실하게 믿는 길이다. 내 모든 성실을 이것에 바친다면 언젠가 내가 세상을 떠나면서 후회하지 않을 유일한 길이 될 것이다.

막 잠이 들려고 하는데 귓가에 앵앵거리며 날아다니는 모기 때문에 잠이 깼었다. 불을 켜고 약을 뿌린 뒤 책상의자에 앉아 옛날 어릴 적 기억을 떠올리며 잠들던 생각이나 문득 글을 써볼까 하는 마음이 들어 컴퓨터를 켰다. 오늘 나를 귀찮게 하던 모기가 아니었으면 어쩌면 오랫동안 쓰지 못했을지도 모른다.

모기에게 고맙다고 해야 하나. 선방에서 내려친 죽비도 아니고 도끼로 얼음을 깨트리는 카프카의 목소리도 아니고 우습게도 모기 한 마리 날개 짓이 잠자는 나를 깨운 것이다. 살펴보면 세상 만물이 스승 아닌 것이 없다 했는데 오늘 내가 잡은 모기도 내 스승이라면 할 말이 없다. 나는 내 스승을 약 치고 그것도 모자라 손으로 때려잡은 것이다. 모기가 나를 어떻게 생각할까. 따지고 보면 모기의 하루나 내 하루는 하늘과 자연의 처지에서 보면 똑같은데 나의 하루는 태산보다 무겁고 모기의 하루는 먼지보다 가볍다고 할 수 있을까. 생명이 있는 것 가운데 참으로 모진 게 사람이다.

어쨌든 가슴에 담아두었던 것을 모두 이야기 하고 나니 속이 후련하다. 막연히 언젠가는 한번 끄집어낼 시간이 있을 거라 생각은 했지만 이렇게 단숨에 쏟아져 나올 줄은 몰랐다. 하기야 그렇게 힘든 비밀도 아니고 하려고만 한다면 내 안에 가라앉아있던 기억은 막걸리 병을 세게 흔들어 뚜껑을 열었을 때처럼 자연히 흘러넘친다.

# 글감

    가끔 문인들만 모이는 자리에서 글 쓰는 이야기가 나오면 글감이 부족해 애를 먹는다는 이야기를 듣는다. 등단하고 한동안은 살면서 겪었던 이런저런 이야기를 하고 나면 나중에는 글 소재가 없어 속을 태운다고 한다. 막 등단하고 처음 그 말을 들을 때는 정말 그럴까 싶기도 했고 그때는 이해하기 어려웠다. 나중에 글 쓰는 어려움에 빗대어 엄살 부리듯 하는 말이라는 걸 알았지만, 나는 생각이 달랐다.

    박완서 소설가는 평생 글 쓰며 글감이 없다는 생각을 해 본 적이 없다고 한다. 6·25를 겪으며 가슴에 뭉쳐있던 분노를 글로 표현하겠다는 결심과 살면서 겪었던 일들만 해도 쓸 이야기가 항상 가슴에 넘친다고 했다. 그리고 진화생물학 최재천 교수는 "나의 글 소재는 아무리 퍼도 마르지 않는 자연 안에 무궁무진하다."라고 한 말에 나도 같은 생각이 들었다. 그는 생태학자라

열대와 자연 속에서 글감을 찾기 쉬웠겠지만, 나는 인간의 팔고 (八苦)와 오욕칠정(五慾七情)에서 소재를 찾는다면 이것 역시 무궁무진하지 않을까 하는 생각이었다. 그곳은 아무리 퍼 올려도 마르지 않는 끝없이 깊은 우물과도 같을 테니까.

나는 서재로 쓰는 방안을 서성거리거나 아니면 읽던 책을 덮고 의자에 비스듬히 앉아 책장에 꽂혀있는 책 제목을 읽는 것이 요즘 새로 생긴 즐거움이다. 우리가 영화제목을 보면 그 내용까지 대충 그려지듯, 책도 어떤 책은 처음 읽더라도 제목을 보고 그 내용을 대충 가늠할 수 있다. 나름대로 상상하고 난 다음 읽어보면 제목과 내용이 크게 비껴가지 않는다.

또 한 가지는 장르별로 나누어 보기도 하는데 재미있는 것은 그 장르에 맞는 제목끼리 서로 호응(呼應) 한다는 생각이 들고, 사람으로 치면 끼리끼리 모이는 것처럼 재미있다. 제목을 보다가 이것저것 섞어보면 또 다른 글감이 떠오르고 그것이 다음 글의 제목이 될 때도 있다. 그렇게 슬쩍 훔쳐서 만든 것이 글감이 되어 한편의 글이 써지기도 한다.

언제부턴가 뒷짐 지거나 팔짱을 끼고 책장에 꽂혀있는 책 제목을 읽다 보면 어떤 것은 그것이 시구(詩句)처럼 느껴질 때가 있다. 나름대로 제목을 연결해가며 꿰맞추다 보면 그것만으로 짧

은 하이쿠처럼 의미 있는 시가 만들어진다. 그것을 두고 시라고
하는 것은 혼자만의 생각인지는 모르지만 만들고 보면 영 엉뚱
하다는 생각이 들지 않는다. 제목을 그저 책 제목이란 틀 안에
가두어 보는 것은 비좁은 생각이다.

　어떤 책은 제목이야말로 한 구절 시어(詩語)와 같다. 책상 앞
의자에 앉아 제목 보는 시간은 책 읽는 것 못지않다. 제목 하나
하나가 작가의 머릿속을 쥐어짜서 나오는 한 방울 진한 엑기스
같은 것이라면 그것만으로도 시가 되고 남음이 있다. 내가 그것
을 알게 되었다는 것은 글 쓰다가, 또 한 가지 얻어지는 작은 깨
달음이고 기쁨이다.

아무리 시간이 없어도
정말 사랑하는 여인이 있다면 언제든 달려갈 수 있는 것처럼
글쓰기도 사람을 사랑하는 것과 너무 닮았다.
작가의 길이라면 내게 남은 시간을 몽땅 바쳐도 좋을 만큼
의미 있고 아름다운 이상이다.

# 내가 아내에 대해 글 쓰는 이유

　한 사람 아내를 안다는 것은 천 명의 여자를 알아가는 것과 같다. 내가 아내에 대해 글 쓰는 일은 다른 천 명의 여자들에게 쓰는 것과 같은 것이다. 내가 아내를 대상으로 쓰는 글은 남보다 아내에 대한 사랑이 유별나서도 아니고 그렇다고 미워하거나 다른 뜻이 있어서도 아니다. 오히려 여느 부부보다 모자라는 게 많다.

　아내라는 대상은 나와 평생을 살며 그 안에 사람의 오욕칠정(五慾七情)과 팔고(八苦)가 고스란히 녹아있고 사람에 관한 이야기가 들어있기 때문이다. 나는 그것을 하나씩 들추어내어 이야기하고 싶은 마음이 간절하다. 내가 아내 이야기를 할 때는 누추한 생활을 뛰어넘는 힘이 생기고 삶에 대한 의미를 강하게 인식할 때다. 글 쓰는 삶을 사는 지금 수많은 질문을 던지고 스스로 해답을 찾아야 할 대상인 아내가 있다는 것은 더없는 고마움이다.

아내라는 여자를 만나 살아가는 인생이 내 삶의 전부라 해도
틀리지 않는다. 어쩌면 세상 여행자끼리 서로 만나 삶을 나누고
다음 세대를 이어가며 나중을 약속하고 사는 것이다. 아내는 긴
세월을 살 맞대고 정들이며 사는 또 다른 내 모습이다. 그러나
지금은 부부의 욕구와 열망의 우선순위가 바뀌고, 요즘 같은 세
상에 잘 사는 것이 어떻게 사는 것인가 하는 기준이 바뀌면서
부부간 의식도 많이 달라졌다.

부부의 애정이란 때때로 새롭게 생겨나서 다듬어지고 세월 따
라 성장하며 창조되어야 하는 것 아닌가. 아내와의 평생은 내 삶
의 가장 큰 줄기다. 그 줄기에서 수많은 가지가 뻗고 가지마다 달
린 잎 하나하나는 두 사람의 인생 이야기다. 그것을 글로 쓴다
는 것은 내 삶의 값과 사랑을 기록으로 남긴다는 것인데, 그것
은 내가 오래도록 바라고 열망하는 삶이다.

부부는 익숙하면 익숙해질수록 친밀감은 더해져도 처음 만날
때의 신선함을 잃는다. 안주하게 되면, 편안하게 되면, 처음의
신성함을 잃고 마는 것이 부부 사이다. 생이 이울어갈 즈음 부
부가 한곳을 바라보며 산다는 것은 더없는 축복이다. 매일 가는
산도 계절마다 풍경이 다르고 오르는 길 따라 산의 모습이 다르

듯, 부부도 지금 모습을 그냥 보는 게 아니라 아내를 보는 새로운 눈을 떠야 한다.

그러면 전에 몰랐던 것을 보게 되고 아내는 새로운 모습으로 다가올 것이다. 우리는 이미 가진 것에 소중함을 모르고 무작정 다른 것을 찾으려 한다. 새것이라 한들 이미 가졌거나 아니면 싫증 나버린 것일지도 모른다. 세상에는 애초 새것이란 없는 것이다.

한 가지 명심해야 할 것이 있다면 지금 가진 것도 예전에는 내가 그토록 바라던 것이었고, 그러니 새로운 것을 찾느라 내가 가진 것을 낭비하는 어리석은 짓은 하지 말자. 가진 것에 감사할 줄 모르는 사람에게 한때의 고통과 결핍은 가장 좋은 인생 공부다. 괴테의 말대로 가진 것이 많다는 것은 그 뜻을 깨닫지 못하는 사람에게는 무거운 짐일 뿐이다.

한 사람 아내를 안다는 것은
천 명의 여자를 알아가는 것과 같다. 내가 아내에 대해
글 쓰는 일은 다른 천 명의 여자들에게
쓰는 것과 같은 것이다.

# 낙타 없는 사막 길

내가 등단한 다음 사람들에게 자주 듣는 소리가 있다. 경치 좋은 곳에만 가면 주변 한두 사람은 선생님은 시상이 저절로 떠오르거나 좋은 수필이 한 편 나올 거라는 말이다.

"선생님! 저기를 보면 시가 저절로 나오지요."

어떤 날은 듣기 민망할 때가 있다. 왜 사람들은 풍경이 좋은 곳에만 가면 글 쓰는 사람에게는 시나 글이 나올 거라고 생각하는지 모르겠다. 어제도 누군가에게 같은 말을 들었다. 바다 가까운 곳에 사는 지인 한 사람이 한번 들리라며 초대 했다. 아마 이곳에 오면 틀림없이 좋은 글이 한편 나올 거란다. 길이 멀어 망설이는 사람을 전에 없던 말까지 해가며 꼬드기는 것이다. 글이 저절로 쓰일 만큼 좋은 곳이라면 어디한번 가보자 싶어 승낙하고 말았다.

나는 어쩌다 기막힌 절경을 보아도 그냥 '아!' 하고 감탄은 했지만, 시나 글이 떠오르지는 않는다. 오히려 힘들고 괴로울 때 글이 잘 써졌다. 그보다 내게 슬픈 일이 있거나 가슴 아픈 지난 기억을 떠올리며 생각에 잠길 때면 바닥에 가라앉아 있던 글 조각들이 위로 떠올라 그것이 내 손 끝으로 흘러나오는 것이다. 흘러넘치니 그때는 글 쓴다고 애쓸 필요도 없다.

내가 글을 쓰는 이유는 내 삶을 사랑하기 때문이고 글을 쓰면서 내가 작가라는 사실을 떠올리는 건 즐거운 일이다. 혼자 글 쓰며 몰입하는 외로움이 비길 데 없이 행복하다. 지금까지 쓴 글을 더듬어 보면 기쁘거나 즐거울 때 쓴 것은 하나도 없다. 또 좋은 경치를 보며 쓴 글도 없다. 아름다운 경치나 좋은 환경에서는 나오던 글도 도로 들어 가버린다.

정말 좋은 경치는 눈 속에 있는 것이지 그것을 글로 옮긴다면 언어적 묘사 때문에 오히려 아름다움을 잃는다. 내가 읽어 마음에 드는 글은 가슴 미어지게 슬픈 일을 만나고 고독하고 외로울 때 썼던 글이다. 그때는 눈물처럼 속에서 글이 흘러나온다. 그렇게 글 쓰며 나의 세계를 찾을 때 진정한 내 것이 생겨나곤 했다.

우리가 낙타도 없이 사막을 건넌다면 얼마나 힘들고 외로울까. 그 길을 걷는 게 글 쓰는 사람의 삶이라면 나는 그것을 마다하지 않을 것이다. 고독과 외로움을 모른다면 슬프지도 않을 것이고 삶에 아무런 의미도 갖지 못한다. 내가 부족한 것 없이 항상 풍요로 넘친다면 어떤 삶을 살게 될까. 허투루 살지는 않겠지만 그렇다고 귀하게 살지도 못할 것이다.

내가 풍요로움에 젖어 산다면 생각은 갈수록 무디어지고 정신은 썩어버릴 것인데 그것은 바라지 않는 일이다. 자꾸 나이 들어 갈수록 문인의 삶을 살고 싶다는 생각이 속을 떠나지 않는다. 다른 것 모두 떨쳐버리고 내게 남은 시간이 글 쓰는 삶을 위한 것이라면, 낙타 없이 사막을 건너는 일이라 해도 마다치 않을 것이다. 그 고독과 외로움은 내가 더 높은 곳으로 올라가는 사다리이기 때문이다.

우리가 낙타도 없이 사막을 건넌다면
얼마나 힘들고 외로울까. 그 길을 걷는 게
글 쓰는 사람의 삶이라면
나는 그것을 마다하지 않을 것이다.

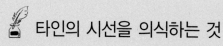 타인의 시선을 의식하는 것

'내가 생각하는 수필은' 이란 글은 내가 오래전부터 하고 싶었던 말이다. 두려움이나 다른 사람의 시선 때문에 이 같은 말을 못한다면 어떤 것들은 내 안에 있더라도 그것은 내 것이 아니다. 그런 것들을 각오하고 말을 할 때 나는 진정한 자유를 얻을 수 있지 않겠는가. 닥쳐올지도 모를 일에 대해 신경 쓰이지만, 그것은 내 몫이고 어떤 결과가 오든 겸손한 마음으로 귀 기울이는 게 내가 할 일이다.

오랜 시간 머릿속까지 간질이던 말을 하고나니 묵은 체증이 내려가는 것 같아 가슴이 후련하다. 억지로 눌러 막은 병 주둥이에서 내용물이 튀어나오듯 쏟아낸 자리에 넓은 공간마저 생긴다. 그 안에 담을 것들이 눈앞에 어른거려 마음이 바쁘다.

같은 수필을 쓰는 사람이라도 저마다 생각이 다르고 누구나 가야할 자기만의 길이라는 게 있다. 거기에 자기에게 주어진 한 계라는 것도 있다. 어떤 사람은 이쪽으로 어떤 사람은 저쪽으로 가는 길은 저마다 다르다. 하지만, 결국 하나의 길에 이르는 종교처럼, 나중에 합쳐지는 길 위에서 서로 만나게 될지도 모른다.

사람이 "가장 어려운 상대는 자기 자신이고, 가장 강력한 힘을 지닌 것 또한 자신의 마음이라고 했다." 세상의 균형은 물처럼 고르고 어느 한 곳이 모자라면 그곳에 또 다른 것으로 채워지는 게 세상 순리다. 내가 남을 보는 시간 남도 나를 보고 있는 것처럼, 내가 다른 것을 부러워하는 시간 남도 내가 가진 것을 부러워하는 사람이 있다는 것을 알아야 한다. 남의 인정을 받기를 바라는 나머지 '내가 이런 사람이면 좋겠다.'는 타인의 기대에 따라 사는 거라면 진정한 자신을 버리고 타인의 인생을 사는 것이다.

대부분 사람은 나를 바라보는 타인의 시선에 신경을 쓴다. 남의 시선을 의식하고 나에 대한 타인의 평가에 관심을 두는 것은 너나 할 것 없이 같은 마음이다. 내 주관이 있다 하더라도 많은 사람이 의문을 제기하면 의심하다가도 포기하는 일도 있다. 중요한 것은 매사 타인의 평가에 신경 쓰다 보면 타인의 목소리에 휘둘리게 되고 결국 자신을 잃어버릴 수도 있다는 것이다.

    타인의 의문에도 아랑곳하지 않고 자신을 믿는 사람은 대단한 자신감으로 성공을 향해 나아갈 수 있는 사람이다. 흔들림 없이 자기 판단에 충실할 수 있다면 어떻게 성공하지 않겠는가. 세상은 용감한 자의 것이다. "나는 못 한다."라고 말하는 사람은 할 수 있다고 말하는 사람을 절대 이기지 못한다.

타인의 의문에도 아랑곳하지 않고
자신을 믿는 사람은 대단한 자신감으로
성공을 향해 나아갈 수 있는 사람이다. 흔들림 없이
자기 판단에 충실할 수 있다면 어떻게 성공하지 않겠는가.
세상은 용감한 자의 것이다.

# 내가 생각하는 수필은 1

　문인은 자신을 기준으로 다른 사람을 판단하지 않고 각자 스스로 선택한 길로 걸어가는 것을 축복해주어야 한다. 그래야만 나를 이해하는 길이 열린다. 지금 여기서 하는 말은 주제도 모르고 나대는 철없는 치기일 수도 있고, 내가 갖지 못한 것에 대한 결핍이나 글을 쓰고 보는 관점이 틀렸는지도 모른다. 하지만 이것은 수필 쓰는 길로 들어서며 처음부터 하고 싶었던 말이다.

　비뚤어진 생각이나 편견일지도 모르고 빠끔히 열린 문틈으로 작은 부분 한쪽만 설핏 보았던지, 아니면 소경이 코끼리를 더듬는 것이라면 나는 글 쓰는 일을 처음부터 다시 배워야 한다. 어쩌면 스승이 없는 내가 무작정 다른 사람들을 붙들고 묻는 물음인지도 모르지만, 이왕 말을 꺼냈으니 이 얘기 저 얘기 늘어놓지 않고 요점을 향하고 싶다.

글 쓰는 사람은 나보다 잘 쓰는 사람의 글은 누구나 읽을 수 있다. 독자에게 존경받는 문인은 나와 다른 말을 하는 사람이나 다른 생각을 하는 사람의 글도 읽을 줄 아는 사람이다. 그것은 볼테르가 말하는 타인의 생각에 대한 인정과 존중이다.

수필문학을 하는 사람들은 수필이라 하면 제일 먼저 떠올리는 것이 피천득 선생이다. 대부분 선생의 문학세계를 떠올리며 책속의 수필을 생각하고 그 강렬한 기억을 바탕으로 다른 사람의 글을 가늠하는 편이다. 선생의 문학 안에서 오래 머문 사람들은 그들만의 청잣빛 수필 세계를 만들어 그 울타리를 벗어나지 못하는 모습이 느껴질 때가 있다. 그런 잣대로 다른 글을 평가하는 일은 꽉 막힌 터널 앞에 늘어선 자동차처럼 마음의 병목으로 새로운 것이 들어오지 못하는 것과 같다. 막힌 곳을 치우지 않고는 차들이 드나들지 못하는 것처럼, 지적 병목현상도 그동안 머릿속에 길든 것들이 걸림돌이 되어 새로운 것이 들어올 자리를 막는다. 몸에 필요 없는 기름 찌꺼기가 혈관을 막는 이치다.

"수필은 청자연적이다. 수필은 난이요 청초하고 몸맵시 날렵한 여인이다. 수필은 걸어가는 숲 속으로 난 평탄하고 고요한 길이다." 이 문장은 내가 수없이 보았고 수필을 쓰는 사람이면 모르는 사람이 없다. 글만 보아도 이미 정형화된 수필 이론보다 더

와 닫는다. 선생의 영향을 받으며 오래전부터 글 써온 사람들은 좋은 수필은 이러해야 하고, 어떤 마음으로, 어떻게 쓰는 것이라는 생각이 머릿속에 굳어 있다. 수필이라면 적어도 이 근처에는 와야지 하는 수필의 상(相)을 만들어놓은 그 마음이 나는 안타깝다.

수필이 왜 청자연적처럼 단아해야 하고 갓 퍼 올린 물에 금방 세수한 처녀처럼 맑고 깨끗해야 할까. 거친 토기나 막사발일 수도 있고 흙 묻고 땀 밴 주름진 농부이거나 막노동꾼 아니면, 저잣거리 짐꾼일 수도 있지 않은가. 수필의 가치와 힘은 진정성에서 나온다. 세상 삶이 힘들고 사는 것이 고통 아닌 것이 없는데 그 속에서 표현하는 인간의 본질에 대한 문제와 고독과 슬픔을 표현하는 것이 나 자신과 세상을 사랑하는 것이다. 청자연적처럼 단아한 글만 쓰라면 확신하건대 나는 한 편의 수필도 제대로 못 쓸 것이다.

세상일에는 글 소재가 안 되는 것이 없고 사람관계의 어떤 것도 글로 쓸 수 없는 일은 없다. 중국 남송의 홍매(洪邁)가 쓴 용재수필 서문에 "수필은 붓 가는 대로 쓰는 것이고 자신이 뜻하는 바를 따라 앞뒤 가리지 않고 써 두었으므로 수필이라 했다." 소설처럼 허구적으로 지어낸 것이 아니라면 내가 삶의 경험으로 쓴 글 모두 수필이며 자유로운 마음의 산책이다. 중국의 어느 수필가(자오리훙)는 수필이 정(情) 지(知) 문(文)을 두루 갖추어야 써지는 것이라 했는데, 이런 조건을 고루 갖춘 수필을 만나는 건 쉽지 않다. 어느 한 생각에 치우쳐 거기에 얽매여 한쪽 눈으로 세상을 보는 사람은 아무리 퍼 올려도 삶의 향기가 묻어나는 좋은 수필은 얻지 못한다.

세월이 가며 나무를 보느라 숲을 못 보는 어리석음에서 벗어나려고 애쓴다. 책 읽고 글 쓰며 차츰 깨닫게 되는 것은, 피천득 선생의 문학세계 안으로 들어가 오랜 시간 사색하며 선생의 문학을 제대로 헤아리지 못한다면, 내 작가됨은 이미 물 건너간 것이고 내가 안다고 하는 것은 다른 사람의 한마디 말에 공중누각처럼 일격에 무너질 수도 있다. 그리고 내가 다른 사람에게 미움 받을 용기가 없다면 이 같은 글을 쓰지 못했을 것이다.

# 내가 생각하는 수필은 2

수필은 문학이다.

문학은 자유로운 자기 삶을 찾아가는 하나의 과정이고 궁극적으로 자기를 표현하는 일이다. 문학적인 은유와 표현을 통해 삶에서 얻은 깨달음과 인간이 겪는 온갖 일들, 자연과 사물의 허무와 고독, 영원과 순간이 뒤섞인 삶, 이런 것들을 포착해 글 속에 담아내는 것이 수필이다. 작가가 글 쓰는 대상이 어떤 것이 되었든 삶의 체험이 바탕이 된 것이라면 상관없는 일이다.

그것이 허구가 아닌 진실 된 글쓴이의 마음을 풀어놓은 것이라면 주제와 내용 관계없이 사람들 곁으로 다가가 작가와 읽는 사람이 하나가 된다. 나는 내가 수필을 쓸 수 있다는 생각을 하지 않았다. 어느 날 글쓰기를 하며 기대하지 않았던 순간과 존재를 만나고 내가 할 수 있을 거로 생각하지 않았던 것을 한다는 사실에 나 스스로 놀랐다.

수필은 어떤 것을 상상하며 지어내는 것이 아니라 일상 속에서 내 일을 하며 거기서 얻어지는 사유를 모아 글로 표현하는 일이기에 정직해야 한다. 수필은 그 사람을 나타내는 가장 정직한 거울이어서 내 안으로 깊이 들어가 그 바닥을 파내고 우물 안 맑은 물처럼 내 삶을 채우는 일이다.

내가 글쓰기에 빠져드는 시간은 누군가와의 비교나 대비적 관계에서 벗어나 있기에 세상 어떤 잣대나 굴레도 나를 재거나 가두지 못한다. 그 순간은 진정한 사랑으로 나를 사랑하는 시간이다. 이제 나에게 소중한 것은 내 삶이 어떠했는가가 아니라 삶이 나에게 어떤 수필을 쓰게 했는가 하는 것이 중요하다. 수필 쓰는 일은 내가 알지 못하는 길, 뜻하지 않은 곳, 뜻밖의 만남으로 나를 데려가기도 한다.

가까운 사람들을 만나고, 혼자 산을 가는 일과 저녁 밥상에 마주 앉아 아내와 나누는 이야기, 가족과의 대화, 친구와의 술자리, 이 모든 일이 수필이다. 나는 그래서 수필이 좋다. 내 곁에 가장 가까이 다가와 있고 손만 뻗으면 언제든 들어갈 수 있는 내 집 현관문이다. 수필은 아무나 쓸 수 있는 게 아니라 특별한 사람들이 쓰는 것으로 생각하지만 그게 아니다. 먼 곳에 있거나 책상 위에 있는 것도 아니고 방안에 틀어박혀 오랜 사색으로 얻어지는 것도 아니다. 내가 하는 거의 모든 일이 수필이고 바로 우리 일상이다. 이처럼 우리에게 소중한 것, 내가 살면서 만나는 어떤 것들은 정말 아무것도 아닌 것 안에 들어있음을 깨닫는다.

고정된 생각에 갇혀 수필은 아름다워야 한다거나 정형화된 이론에 얽매여 그 생각에서 벗어나지 못하면 늘 엉뚱한 곳만 쫓다 자기 글은 쓰지 못한다. 작가 삶의 체험이 스며든 글은 목소리가 아름답거나 크지 않아도 읽는 사람이 저절로 귀 기울이는 법이다. 그러니 애써 잘 쓰려고 할 필요 없다. 새로운 단어를 찾아내어 눈에 띄는 문장을 만들기 위해 고심하지 않아도 된다. 가능하면 자기 능력대로 잘 쓰는 것도 좋고 수필의 기준에 맞게도 써야겠지만, 무엇보다 중요한 건 헤밍웨이의 말처럼 '작가의 삶의 무게' 그 자체다.

내가 좋아하는 수필은 사람의 삶에 희로애락이 함께 들어있는 사람이 사람답게 느껴지듯 내가 쓰는 수필도 그랬으면 좋겠다. 그러니 나에게서 나온 것이 아니면 힘이 없고 아름답거나 창의적이지도 않다. 어떤 수필이든 자기에게서 나온 이야기가 아니면 사람들은 좀처럼 귀 기울이지 않을 것이다.

수필은 그 사람을 나타내는
가장 정직한 거울이어서 내 안으로 깊이 들어가
그 바닥을 파내고 우물 안 맑은 물처럼
내 삶을 채우는 일이다.

# 매 맞는 날

　내가 빠지지 않고 참석하는 목향이라는 수필가 모임이 있다. 회원은 전부 14명인데 남자는 나 혼자고 모두 여성이다. 매달 첫째 월요일 저녁에 만나 식사하고 간단한 이야기를 하고 나면 정해진 회원 두 사람이 자기가 쓴 글을 읽고 서로의 생각을 거리낌 없이 이야기하는 합평회를 한다. 써온 글을 읽고 회원이 돌아가며 자기의 감상을 이야기한 다음 교수님의 총평을 듣는다. 마지막으로 작가 자신의 이야기를 하는 순서로 되어있다.

　그 과정이 사뭇 열기가 뜨겁고 글에 대한 비판이나 지적이 날카롭다. 작가들이 합평하며 자신의 생각을 말하는 수준이 만만치 않다. 때로는 비평이 신랄하고 매서워 글 쓴 사람의 자존심이 상할까 걱정되는 경우도 있다. 그래서 듣는 이의 얼굴이 붉어지게도 하지만, 그 얼굴 붉어지는 순간은 글 쓴 당사자의 내면을 살찌우는 시간이다. 그리고 글이 자신의 손을 떠나 다른 사람의 생각이 개입되는 시간이기도 하다. 그때부터 읽는 그들은 또 다른 독자가 되어 내가 쓴 글에 자신들의 의미를 부여하는 것이다.

자신의 글을 평가하는데 가장 강력한 것은 타인의 눈으로 자기가 쓴 글을 바라보는 일이다. 이런 과정은 회원 모두가 독자가 되어 내가 쓴 글을 읽으며 내 눈을 대신하는 하는 것이다. 그 시간 나를 벗어나 타인의 눈으로 내가 쓴 글을 보게 한다. 나도 처음에는 혼자만의 생각에 파묻혀 다른 사람의 말에 거부감이 생기고 귀에 제대로 들어오지 않았다. 겉으론 남의 말을 듣는 척하면서도 내 말에 집착했다.

그러다 언제부턴가 내 안의 고치 속에만 있을 수만은 없는 터라 조금씩 얼굴 내밀어 살피다가 차츰 마음이 열렸다. 자신감이 생기는 그때부터 작정하고 귀담아들으며 지적한 부분을 일일이 메모해두었다. 그런 다음 회원들의 합평을 참고로 집에서 다시 퇴고하니 전과는 몰라보게 다른 글이 되는 것이다. 글 쓰는 사람에게 이만한 공부가 어디 있을까 하는 생각이 들었다.

귀 기울여 들을 줄 아는 겸손한 마음만 가진다면 어디에서도 배울 게 있다. 이 같은 자세는 글 쓰는 사람으로서 필요한 것을 배우게 해준다. 글을 쓴다는 게 내가 말하는 것이 아니라 듣는 것이라는 걸 알게 되면 많은 에고(Ego)가 내게서 빠져나간다. 이렇게 자신의 글을 돌아보는 훈련을 규칙적으로 하다 보면 작가로서 자신이 어떤 존재인지 다음에는 무엇이 필요한지를 깨닫는 감각을 키우게 된다. 사람은 누구에게나 배운다는 생각을 한다면 작가로서 바른길로 접어드는 일이다. 자신을 낮춘 만큼 높아진다는 것은 변할 수 없는 세상 이치이듯, 이런 과정을 겪고 나면 자기도 모르는 사이 성숙해지는 것이다.

글 당번인 어제 내가 쓴 글을 읽은 다음 합평하는 시간에 회원들에게 매를 많이 맞았다. 그 시간이 즐거운 마음일 수는 없겠지만, 그렇다고 견디지 못할 일은 아니다. 오늘은 또 어떤 매를 맞을까, 불안해하지 말고 귀담아들으면 마음이 열린다. 그때부터는 붙들고 있던 나무 한 그루에서 떨어져 나와 또 다른 나무를 보게 된다. 그런 과정이 계속되다보면 나중에는 숲을 보게되는 날도 오게 될 것이다.

그런 시간이 지났다고 금방 무엇이 달라지는 건 아니겠지만, 내 머릿속은 몇 시간 전보다 훨씬 부드럽고 유연해져 있음을 나 스스로 느낀다. 나중에는 움츠렸던 사지가 펴지면서 개구리처럼 높이 뛰어오르는 도약의 기쁨도 맛보게 되는 것이다. 나는 목향 회원들이 고맙다. 스승이 없는 나에게 이런 든든한 울타리를 만들어주고 공부하라며 다독이는 그들에게 내가 할 수 있는 것은 고맙다는 말밖에······

자신의 글을 평가하는데 가장 강력한 것은
타인의 눈으로 자기가 쓴 글을 바라보는 일이다.
이런 과정은 회원 모두가 독자가 되어
내가 쓴 글을 읽으며 내 눈을 대신하는 하는 것이다.
그 시간 나를 벗어나 타인의 눈으로 내가 쓴 글을 보게 한다.

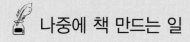 나중에 책 만드는 일

우리 주변에 이름은 알려지지 않았어도 책을 여러 권 출판한 사람들이 있다. 책을 내는 것은 몇 권이 되었던 본인 마음이지만, 출판한 양으로 작가의 능력을 가늠하는 것은 정말 비좁은 생각이다. 자칫 내용 없는 자기과시나 마음만 앞서 자기가 쓴 글의 양을 자랑하는 것이라면 그동안 출판한 책이 몇 권이 되었던 그것은 책이 아니라 활자로 인쇄된 종이에 지나지 않는다.

글도 많이 쓰는 것과 잘 쓰는 것은 많이 다르다. 돈이라는 것도 아무리 많이 있어도 잘 쓰지 못하면 없는 것보다 못하지만, 어렵게 벌어 잘 쓴다면 그것은 귀한 일이다. 어렵게 얻은 것일수록 높이 평가 하는 것은 사람이 하는 일 가운데 많은 것에 적용되는 사람들의 판단 기준이고 세상의 진리다.

무엇이든 쉽게 얻은 것에는 큰 기쁨이 따르지 않는다. 사람은 어렵사리 얻은 것이라야 공들인 시간을 생각하고 자기가 고생한 양에 비례해 일의 가치를 따진다. 어려웠던 일에는 똑같이 고생한 다른 사람보다 자기 것을 좀 더 크게 보려 하고 확대해석하는 게 사람의 속성이다. 아무튼, 책 한권을 출판한다는 것은 축하받을 일이다. 자기가 쓴 글이 활자로 변해 어엿한 객관 물이 되어 사람들에게 읽힌다는 것은 배움의 많고 적음을 떠나 글 쓰는 사람이라면 그만한 기쁨도 없다. 자기가 쓴 글이 하나하나 모여 책이 되어 세상으로 나오는 날은 또 하나의 세상을 품에 안는 날이다.

내가 처음 등단하고 신인 문학상을 받는 날 작품을 심사했던 한판암 교수는 등단했다는 것은 이제 문인으로서 어린 아기가 걸음마를 배우며 첫 발을 떼듯 이제 자기 말을 할 수 있다는 것인데 가장 중요한 것은 처음 입을 뗄 때부터 신중히 해야 한다고 말했다. 매사 신중한 습관을 기르는 것은 훌륭한 문인으로 성장하는 길에서 탄탄한 기반을 가진 친구를 얻는 일이기에 처음 마음을 잃어버리면 안 된다고 했다.

나는 당선 소감을 말하며 내가 처음 마음을 잃지 않으려 애쓰겠지만, 만약 그 모습을 잃는다면 오늘 교수님 말씀을 기억하며 항상 나를 돌아볼 줄 아는 문인이 되겠다고 약속했다. 그리고는 내가 씨 뿌려 싹튼 이곳에 뿌리내려 한 그루 나무로 자라겠다는

말도 덧붙였다. 내 이런 일이 만에 하나라도 자기 위안이나 기만
이라면 그것만은 안 될 일이다.

내용 없는 자기과시나 마음만 앞서
자기가 쓴 글의 양을 자랑하는 것이라면 그동안 출판한 책이
몇 권이 되었던 그것은 책이 아니라
활자로 인쇄된 종이에 지나지 않는다.

# 굳어터진 사고(思考)의 각질(角質)

언젠가 인쇄소에 일 보러 가다 함께한 사람이 승용차 안에서 하는 말이 "책을 출간하려면 프로필에 그럴듯한 경력이 들어가야 하는데 준비해야 하지 않나요?" 하는 물음에 나는 괜찮다고 하며 미소 짓고 말았다. 평소 그렇지 않을 거라 믿었던 사람도 (나에 대해 잘 아는 사람) 틀에 밖인 생각에서 벗어나지 못한다. 길든 고정관념 앞에서는 오뚝이처럼 제자리로 돌아가는 것을 보며 그에게 많은 것을 기대했던 나는 실망이 컸다.

삶은 관계의 연속이다. 수많은 사람과 관계하며 사는 우리에게 가장 위험한 일은 자기 기준으로 남을 평가하는 것 아닐까. 자기가 만든 잣대에 맞춰 상대를 잰다면 그것은 오만이고 무지(無知)다. 변하지 않은 틀에 박힌 생각으로 사는 사람은 그 틀에서 벗어난 사람들과의 경쟁에서 이미 승산이 없다.

틀에 박힌 생각의 울타리에 갇혀 벗어나지 못하는 사람은 제가 제 모습 볼 수 없으니 자기는 모르겠지만 남이 볼 때는 정말 답답하다. "자기가 가진 것이 망치밖에 없으면 세상이 온통 못으로 보인다."는 여느 학자의 말과 같이 그는 망치밖에 갖지 못한 사람과 다를 것이 없다. 그 울타리에서 벗어나 세상과 사람의 참모습을 볼 수 있어야 할 것인데 계속 머물러 있다면 사고의 각질만 두꺼워질 뿐이다. 편협한 생각에 머물러 외눈박이 눈으로 세상을 보는 사람은 탁 트인 곳에서 두 눈으로 세상을 바라보는 사람의 경계(境界)를 절대 이길 수 없다. 그것은 높이 나는 갈매기의 눈과 같은 것이다.

우리 주변에 아무도 알아주지 않는 지나간 경력을 대단한 것으로 여기고 자랑으로 여기는 사람이 더러 있다. 세월이 갈수록 굳은살만 덕지덕지 눌어붙는 사람이 뜻밖으로 많은 걸 보면 익숙해진 생각의 울타리를 벗어나는 일이 어렵기는 어려운 모양이다. 어느 하나에 익숙하면 익숙해질수록 처음의 신성함을 잃어버리는 게 사람 속성이다. 뭔가 자기만의 기준을 정해놓고 책을 출간 하려면 적어도 이쯤은 돼야지 하는 고정관념에 얽매이다 보면 자기와 다른 모습이 눈에 들어오지 않는다.

사람은 남과 비교하면서 자신의 처지를 돌아보고 상대가 처한 상황이 자기보다 못할수록 상대적으로 마음 편한 게 사람속성이다. 하지만 생각이 항상 거기에 머물러 있다면 어떤 변화도 없다. 아무런 흥미도 느끼지 못하는 그런 사람에게는 마음이 열리지 않고 사람이 가까이 다가가지 않는다.

생각이 고치에 갇혀 사고가 경직된 사람은 남의 말도 듣지 않는다. 철저한 자기 본위의 생각은 함께하던 사람에게마저도 비정하게 느껴지고 서로의 관계를 지속시킬 수가 없다. 나 역시 그런 생각밖에 할 수 없는 사람에게는 아무리 애를 써도 마음이 열리지 않는다. 설령 열린다 해도 잠시 그때뿐이고 돌아서면 닫힌다.

그보다 슬픈 것은 내가 오랫동안 공들이며 노력해도 되지 않으면(틀에 박힌 고정관념에서 벗어나지 못하면) 아예 입을 닫고 그 사람과는 대화의 문을 닫는 일이다. 내가 문학의 길에 들어서서 얻은 게 있다면, 사람이 무언가를 열망하며 그것에 최선을 다하는 사람에게는 혼자 가는 외로움이 그리 두렵지 않다는 나 자신에 대한 믿음이다.

생각이 고치에 갇혀 사고가 경직된 사람은
남의 말도 듣지 않는다. 철저한 자기 본위의 생각은
함께하던 사람에게마저도 비정하게 느껴지고
서로의 관계를 지속시킬 수가 없다.

# 절필(絕筆)

　간혹 작가들이 붓을 꺾고 절필했다는 이야기를 듣는다. 나는 그 이야기를 들을 때마다 작가 된 사람이 붓을 꺾는 것은 자기만의 이유가 분명히 있을 것이고 그것은 자기 마음이니 존중해야겠지만, 어떤 이유이든 작가의 절필은 제 목숨 끊는 것과 다를 것이 없다는 생각이다. 그럴 때는 자기와 마주하지 않겠다는 뜻이고 세상과의 싸움도 끝내겠다는 뜻인데 그렇다면 그는 살아도 실은 산 게 아니다. 가수가 노래 부르지 않으면 가수라 할 수 없고 문인이 글 쓰지 않으면 문인이라고 할 수 없다. 과거의 이력이 어떠하든 그 사람의 진정한 모습은 바로 지금 모습이다.

　그런 것을 보고 어떤 이는(같은 문학을 하는 사람) 그 나이면 더는 글도 써지지 않는데 더 추한 꼴 보이지 않고 잘했다고 말하는 이도 있고 구질구질한 모습 보이지 않고 차라리 깨끗하다며 두둔하는 이도 있다. 그럴 때면 작가의 본심정도 모른 체 자기

기준으로 절필한 이유를 속단해버리는 경솔함이 정말 안타깝다.

　나는 그 같은 말 중에 "늙어가며…… 운운" 하는 말이 귀에 거슬린다. 그렇게 말하는 이도 세상나이로 적은 것이 아닌데 지금 문인으로 글 쓰지 않는(못쓰는지도 모르지만) 자기상황을 그들에게 자기 마음인양 그냥 묻혀가려는 속셈인지 모른다. 만약 그런 마음이라면 자신의 신념으로 당당하게 붓을 꺾은 사람은 확신에 찬 그의 결단을 사람들이 존중할 수도 있다. 그렇지 못하고 자신의 무능력과 자기결핍을 다른 사람의 행동에 빗대어 거기에 편승하려는 모습은 구차 하고 비겁해 보인다. 우리는 다른 사람의 절필을 섣불리 예단하며 왈가왈부 할 필요가 없다. 그것은 자기 마음이고 심사숙고 끝에 자기가 내린 결정이니까. 세월이 흘러 마음이 변해 절필을 번복해도 그 또한 본인 마음이고 본인 책임이다.

　나이가 몇이든 그 사람이 쓴 글을 이해하고 좋아하는 것이지 문학과 글 쓰는 일을 나이의 경계 안에 가두는 것은 참으로 비좁고 졸렬하다. 나이 들어 글 쓰는 일은 그동안 삶의 체험으로 글을 쓰고 인생의 깊이로 사물을 바라보며 마음을 나타내는 것이라 오히려 그 깊이는 젊음과 비교할 바가 못 된다. 젊어서는 젊은 눈으로 인생이 어떤 것인지를 상상하겠지만, 나이가 들어서는 자신이 살아온 인생경험으로 글을 쓰고 그것으로 세상과 인생을 돌아보는 것이다. 인생의 깊이가 세상을 더 깊은 눈으로 볼 수 있게 하지 않을까.

# 늦은 꿈도 꿈이라면

나는 늦은 나이에 등단했다. 늦게 이룬 꿈이라 젊었을 때보다 오히려 기쁨은 더 컸다. 등단하고 나서부터는 책 읽고 글 쓰는 일이 갈수록 즐겁다. 이제는 책을 읽는 즐거움과 글쓰기가 세상 어떤 것과도 바꿀 수 없는 내 삶이 되었고 앞으로 가야 할 길이다. 뜻을 이루어 우쭐하는 마음에 분수에 넘치는 글이나 행동을 할까 항상 나를 경계하고 돌아보지만, 늘 그것이 어렵다.

유능하고 똑똑한 사람이 무너지는 가장 큰 이유 중 하나가 그 사람의 교만이라는 것을 안다. 그중에서도 예술가의 교만이 가장 추하다는 말도 들었다. 그런 이유로 처음 가졌던 마음을 잃지 않으려고 애쓴다. 하지만 그 경계하는 마음이 너무 지나쳐 마음이 움츠러들어 가진 것을 다하지 못할까 하는 하지 않아도 될 걱정까지 한다.

때로는 다소 호기가 지나쳐 넘치는 일이 생기더라도 내가 가야 할 길이라면 어떤 길이든 두려워하지 않을 생각이다. 지금 늦은 나이에 치기(稚氣)가 아닐까 싶지만 어쩌면 지금이 그 꿈을 이룰 때가 아닌가 하는 마음이 속에서 꿈틀거려 밤잠을 설칠 때가 있다. 그것이 원인이 되어 글과 행동에 오만과 건방짐이 글에 묻어나지만 않는다면 지금은 용기 있는 마음으로 건너야 할 또 다른 길도 —혼자 공부하며 겪었던 글쓰기에 관한 것을 수필로 써서 책 내는 일— 가보려고 한다.

수필이라고 하는 것은 내 생각과 마음이 글이 되어 나오는 것이기에 단 한 문장도 나를 속이지 못한다. 과유불급(過猶不及)이라는 성구(聖句)도 항상 마음속에 담아두고 있다. 하지만 그것에 너무 얽매어 애 늙은이가 되는 흉한 모습을 보이고 싶지는 않다. 숲에서 마음대로 자라지 못하고 화분에 옮겨져 사람들 마음에 따라 키워지는 분재처럼 제 모습을 잃는다면 그것은 내가 나를 용서하지 못할 일이다.

내가 쓴 글을 남들이 읽어준다면 그만한 기쁨도 없다. 나는 읽은 사람들의 반응을 통해 겸손한 자세로 열심히 배우는 것이 스승 없이 혼자 걷는 내가 해야 할 일이다. 땅 위에는 본래 길이 없었지만 걸어가는 사람이 많아지면서 길이 만들어지듯 예부터 만들어진 그 길을 따라간다면 길을 잘못 들어 고생하는 일은 없을 거로 생각한다.

　내가 찾고자 하는 마음만 먹는다면 주변 어디에도 스승을 얻을 수 있다는 믿음을 가지고 있고 지금도 그렇다. 내 서재에 있는 많은 책이 첫 번째고, 다음은 글을 읽고 합평(合評)하는 사람들이며, 세 번째는 나와 아주 가깝게 있는 주변의 산과 산책길이다. 스승이 없는 나는 이제 누구의 도움 없이도 혼자 길을 걸어 꿈을 이룰 수 있는 당당한 사람이 되고 싶다.

　꿈은 꿈을 꾸는 사람만이 꿀 수 있다. 이제부터는 내가 나를, 꿈꾸던 그곳으로 데려갈 것이다. 글을 쓰는 이유는 내 삶과 세상을 사랑하기 때문이고 내 마음속 가장 깊은 비밀이다. 이제 씨앗을 심었으니 결코 씨앗으로 남고 싶지 않다. 나무가 되어 바람과 놀고 싶고 가지를 뻗어 하늘로 치솟으며. 때가 되면 분수껏 열매 맺는 한 그루 나무가 되고 싶다.

내가 쓴 글을 남들이 읽어준다면
그만한 기쁨도 없다. 나는 읽은 사람들의 반응을 통해
겸손한 자세로 열심히 배우는 것이
스승 없이 혼자 걷는 내가 해야 할 일이다.

# 문인의 길

문인으로 사는 사람은 대부분 가난하다. 작가가 되어 돈을 버는 사람도 있지만, 대부분은 생활이 어렵다. 직업을 가진 사람이 많지만, 글 쓰는 일에만 전념한다면 가난을 각오하지 않는 한 작가의 길을 가는 것은 견디기 어려운 고통이다. 중국 제나라 관중(管仲)의 말처럼 곳간이 풍족해야 예절을 안다고 했는데, 요즘은 더욱더 그런 세상이다.

지금 내가 가진 환경을 옛날 가난한 선비의 생활에 비교하면 풍요로 넘친다. 하지만 낭비해도 좋을 만큼 풍족한 것은 결핍보다 못하다는 것과 "가난은 아름다움을 묻어버리는 어둠이 되기도 하고 그것을 드러내는 빛이 되기도 한다."는 신영복 교수의 말을 항상 기억할 것이다. 찢어지는 가난에도 훌륭한 업적을 남긴 사람들이 얼마나 많은가. 그것을 보면 환경을 탓하며 하지 못하는 사람은 환경이 되어도 할 수 없는 사람이다.

인생을 사계절로 나누어 비유하자면 나는 가을에 내 길을 찾았는지도 모른다. 비록 인생의 봄이나 여름이 아니고 가을이라 할지라도 싹을 틔운 건 분명 축하받을 일이다. 인생의 가을이면 늦다는 생각은 아무런 의미 없다. 사람도 세상 만물의 하나인데 꼭 봄과 여름에 피어야 한다는 절대기준은 없다. 조금 늦게 싹을 틔웠어도 나에게 겨울이 오려면 아직 멀었다. 등단하기 전에는 문인의 길이란 어떤 것일까 상상했지만, 지금은 내 인생의 경험으로 책을 읽고 그것으로 다시 인생과 세상을 돌아보게 한다. 인생의 깊이가 나를 더 깊이 있게 만든다. 내가 꿈꾸던 일이 다소 늦어지더라도 옳게만 간다면 꿈을 이룰 수 있을 것이다.

늦은 등단으로 뭔가를 빨리해야 한다는 생각 때문에 마음이 조급해지는 건 당연하다. 하지만 서두르지 않을 것이다. 그동안 꿈꾸던 일이 조금 늦게 온 것뿐이지만, 늦다는 생각도 이보다 더 늦은 데 비한다면 어쩌면 이른 것인지도 모른다. 공부는 할 때가 가장 빠른 때이고 안 할 때가 가장 늦다는 누군가의 말처럼 세상에 가장 가치 있는 지식이란 내가 많은 것에 대해 모르고 있다는 것을 아는 것이 아닐까.

인생의 가을에 가야할 길을 찾은 내 처지를 스스로 위로하는 건 아니다. 다만 내 주변 사람들이 나이를 가지고 이르고 늦음을 이야기하는 것을 받아들이기는 어렵다. 그보다 사람들이 자기가 만든 잣대로 제단 하며 성공과 실패를 저울질하는 것이 때로는 서글프다.

내가 글을 쓰는 이유는 사람과 세상을 사랑하기 때문이며 이것이 마음속에 있는 깊은 고독이고 글 쓰는 이유다. 그 깊은 고독이 세상과 소통하고 싶다는 강한 욕망을 만들어 준다. 하지만 글을 쓰다 내가 가진 것이 정말 보잘 것 없다는 자기결핍에 절망할 때면 맥이 풀리고 의욕을 잃을 때가 있다.

글이라는 것은 자기 삶의 체험에서 나오는 것인데, 삶의 체험도 보잘 것 없고 그 체험을 넓혀주는 독서량이나 학문도 빈약하다. 그럴 때마다 자꾸 내게 저항하려드는 내 마음을 다독거리고 자신을 향한 질책의 고통을 견뎌내야 하는 일이 힘들다. 그렇지만, 이것을 견디는 것이 내가 세상을 살면서 얻을 수 있는 가장 소중한 일임을 이제는 안다.

등단하기 전에는 문인의 길이란 어떤 것일까 상상했지만,
지금은 내 인생의 경험으로 책을 읽고
그것으로 다시 인생과 세상을 돌아보게 한다.
인생의 깊이가 나를 더 깊이 있게 만든다.

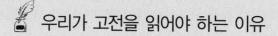 우리가 고전을 읽어야 하는 이유

우리가 고전을 찾아 읽는 일은 평생을 함께하는 동반자를 구하는 일이다. 언제든 내 편이 되어주고 나를 이해하는 친구를 얻는 일이기도 하다. 한 권의 고전 속에는 우리가 쉽게 가늠할 수 없는 깊은 우물처럼 차고 맑은 물이 사철 흘러넘친다. 우리는 두레박으로 퍼 올리기만 하면 된다. 그 물은 다른 사람이 길어 주는 것이 아니라 제 손으로 퍼 올려야 한다.

고전은 많은 사람이 반드시 읽어야 한다고 하면서도 가까이하지 않는다. 고전이 중요한 것은 알지만 다가가기는 쉽지 않다. 우리가 읽는 책 가운데는 한번 읽으면 더는 보지 않는 책, 읽지 않아도 되는 책이 있지만, 고전은 다르다. 곁에 두고 틈틈이 읽어도 좋고 빠져들어 정독하는 것은 더 좋다. 고전은 오래된 친구 같으면서도 만날 때마다 새로운 친구 같아 평생을 두고 읽을 가치가 있다. 곁에 두고 있는 시간이 많을수록 사람을 살찌운다.

고전은 오래된 친구 같으면서도 만날 때마다 새로운 친구 같아
평생을 두고 읽을 가치가 있다.
곁에 두고 있는 시간이 많을수록 사람을 살찌운다.

# 책과 나

책은 나에게 세상을 향해 나아가는 돌파구다. 삶이 힘들 때 책을 읽으며 걱정을 잊었고 내일을 향해 한 걸음씩 나아간다. 손에서 책이 떨어지는 날은 마치 금단증상을 겪는 것처럼 애를 먹는다. 혼자 서재에서 책과 함께하는 시간은 세상 걱정도 잊고 다가오는 삶에 대한 두려움도 없어진다. 읽던 책을 덮고 방을 나갈 때는 작든 크든 언제나 선물을 안겨주고 한 번도 빈손으로 돌려보내지 않는다.

책은 내가 헤쳐 나가기 어려운 일과 맞닥뜨렸을 때, 나와 같은 사람들이 어떻게 긴 터널을 빠져나왔는지 가르쳐주고 세상의 질시와 무시, 그리고 뭇 사람들의 비난에서 견디는 법을 알려주었다. 종내에는 내가 가야 할 길을 친절히 안내해주는 것이다. 우리가 책을 읽는 것은 살면서 어떤 결정의 순간을 맞을 때 평정심을 잃지 않고 후회하지 않을 선택을 위해 내면의 힘을 키우기 위해서다.

산다는 것은 곧 시련을 감내하는 것이고 내 삶에 목적이 있다면 내가 겪는 시련에도 목적이 있을 것이다. 시련을 겪으며 내 뼈와 근육이 튼튼해진다면 어떤 시련도 마다할 이유가 없다. 하지만 누구도 그 목적이 무엇인지 말해줄 수 없다. 나 스스로 알아서 찾아야 하며 그렇게 해서 찾는다 해도 그 해답을 받아들이는 것은 내 몫이다. 삶이란 생각의 연속이어야 하고 그럴 때 가야 할 길을 잃지 않는다.

사람은 나이와 관계없이 취하고 버릴 것을 구별할 줄 아는 안목과 그것을 실천하는 힘을 길러야 하지 않겠는가. 나이 들어갈수록 더 그렇다. 그래야만 버릴 수 없는 것을 버리려고 하는 어리석음과 가질 수 없는 것을 가지려고 하는 욕심에서 벗어나 내가 할 수 있는 일과 할 수 없는 일에 대해 올바른 판단을 하게 된다.

지금 내 삶은 새로운 어떤 것을 원하지 않고, 무엇이 되기를 바라지 않고, 애써 해야 할 일을 만들지 않아도 지금 이대로가 평온하다면 행복한 것 아닌가. 내가 가진 것에 만족할 줄 알게 하는 사유의 힘, 집중의 힘, 이런 힘의 원천은 책에서 나온다.

베이컨은 책 읽는 습관을 기르는 것은 인생에서 일어나는 많은 불행으로부터 자신을 스스로 지킬 피난처를 만드는 것이라고 했다. 책 읽기는 삶을 바꾸는 몸의 실천이고 새로운 인연의 네트워크를 만들 뿐만 아니라 또 다른 세계를 발견하는 것이나 마찬가지다. 책과 함께 떠나는 여행으로 삶이 풍요로워질 수 있음에 고마워하자. 내가 공자를 읽는 날이면 공자와 함께하고, 다윈을 읽으면 그 시대로 돌아가 다윈과 함께하는 것인데, 내가 그것을 왜 마다하겠는가.

가장 고요할 때
가장 외로울 때
내 영혼이
누군가의 사랑을 기다리고 있을 때
나는 책을 연다.
밤하늘에서 별을 찾듯 책을 연다.
보석상자의 뚜껑을 열 듯
조심스레 책을 연다.

김현승 시인의 '책'이라는 시(詩) 한 부분이다.

책은 내가 헤쳐 나가기 어려운 일과 맞닥뜨렸을 때,
나와 같은 사람들이 어떻게 긴 터널을 빠져나왔는지 가르쳐주고
세상의 질시와 무시, 그리고 뭇 사람들의 비난에서 견디는 법을
알려주었다.

# 주사위 던지기

"기와 조각을 판돈으로 걸면 노름 기술이 기막히게 훌륭해 지고 장신구를 판돈으로 걸면 떨리게 되며 황금을 판돈으로 걸면 두려워 진다. 노름꾼의 도박 기술이 변한 것은 아닌데도 두려운 바가 있으니 이는 필시 외부에 얽매이는 바가 있으면 능숙하게 만지던 주사위 던지기도 안으로부터 서툴러지게 된다."

이 글은 『여씨춘추』라는 책에 나오는 장자의 이야기다. 우리는 세상에 태어나 한평생을 살아가며 내가 부모를 선택해서 태어나지 못하고 죽음 역시 스스로 자신의 목숨을 버리지 않는 한 시간을 선택해서 죽을 수는 없다.

세월이 가며 모든 것을 스스로 결정해야 하는 나이가 되면 우리는 혼자 결정하는 삶을 살아야 한다. 직장과 배우자를 선택하고 앞으로 갈 길을 정해야 한다. 살아도 살지 않는 것과 같은 것은 내 삶을 내가 선택하지 못하고 타인에 의해 선택된 삶을 살

때이다. 우리에 갇힌 짐승처럼 주는 대로 먹고 시키는 대로 살아가는 인생도 있다. 선택하지 못하고 다른 사람의 의도대로 살아야 한다면 그것만큼 비참한 삶도 없다.

살다 보면 수용소 같은 데서 일정 기간 강제된 삶을 살아야 할 때도 있지만, 그것은 정해진 시간 안에서다. 이것 역시 강제 당할 수밖에 없게 만든 당사자 선택의 결과다. 생명체 중에 자신의 삶을 선택하며 살아갈 수 있는 유일한 것은 인간뿐이기에 자기 스스로 선택한 인생을 살 수 있다는 것이 얼마나 경이로운 일인가.

무엇을 선택하기 전 스승이나 주변 사람들의 도움을 받을 수는 있지만, 마지막 결정은 누구도 대신할 수 없는 나만의 것이다. 이런 것들이 모여 내 삶을 만들고 옳은 선택이든 잘못된 선택이 되었든 그 결과에 따라 내가 결정한 길을 가야한다. 만약 선택한 것을 바꾼다면 그 바뀐 것에 따라 인생을 살아야 한다. 생은 무수한 선택으로 이루어지는 것이고 선택에 의해서 형성된 것이 현재의 나다. 매 순간 그토록 많은 결정의 갈림길에 서서 선택을 하는 것과 동시에 선택하지 않은 것은 포기해야 하는 것이 우리의 운명이다. 선택을 통해 포기와 버리는 것을 배우지만. 만약 내가 그것을 선택하지 않았더라면 하는 순간이 얼마나 많은가.

평생 자기 자신과 수많은 내기를 해야 하는 것이 삶이라면 우리는 능숙한 노름꾼이 되어 어떤 것에든 얽매이지 말고 편안한 마음으로 주사위를 던져야 한다. 살다 보면 중요한 선택을 해야 할 때도 많다. 그럴 때일수록 황금을 판돈으로 걸은 사람처럼 두려워하지 말아야 한다.

내가 장자의 이야기를 한 것은 인생이 노름하는 것과 같다는 말은 결코 아니다. 외부의 어떤 것에도 얽매이지 않는 능숙한 노름꾼의 마음을 갖자는 말이다. 우리는 미래를 볼 수 없고 지금 내가 결정한 것에 따라서 미래가 펼쳐진다면 인생에서 한번 밖에 할 수 없는 중요한 결정을 하거나 어떤 길을 선택해야만 할 때 얽매이는 마음 없이 노름꾼이 판돈으로 기왓장을 걸었을 때처럼 편안한 마음으로 자신 있게 주사위를 던지라는 것이고, 그런 마음으로 선택하라는 말이다.

그렇게 선택한 내 삶을 깨끗하게 받아들이고 선택하지 않은 것에 대한 미련을 한순간도 두지 말고, 내게 주어진 길을 걸어가야 한다. 나를 향해 다가오는 선택의 시간은 보이지 않는다고 없어지는 것도 아니고 피한다고 피해지는 것이 아니다. 내가 이것을 선택하는 순간 그것은 이미 내 안으로 들어오는 그런 것 아닐까 싶다.

무엇을 선택하기 전
스승이나 주변 사람들의 도움을 받을 수는 있지만,
마지막 결정은 누구도 대신할 수 없는 나만의 것이다.
이런 것들이 모여 내 삶을 만들고 옳은 선택이든
잘못된 선택이 되었든 그 결과에 따라
내가 결정한 길을 가야한다.

# 도끼를 잃어버린 사람

"사람들 중에 도끼를 잃은 이가 있었는데, 그가 이웃집 아들을 의심했더니 그의 걸음걸이도 도끼를 훔친 것으로 보였고, 그의 안색도 도끼를 훔친 것으로 보였으며, 언어도 도끼를 훔친 것으로 들리는 등 동작과 태도에서 무슨 일이든 도끼를 훔치지 않은 것이 없었다. 그러다 골짜기 여기저기를 뒤져서 도끼를 다시 찾았다. 그리고 다른 날 이웃집 아들을 다시 보았더니 그의 동작과 태도에 도끼를 훔친 것 같은 기색이 전혀 없었다. 이웃집 아들이 변한 것이 아니라 자기 자신이 변한 것이다. 변함에는 다른 것이 없고 얽매이는 바가 있는 것이다."

중국 여불위가 쓴 『여씨춘추』라는 책에 있는 글이다. 나는 이 글을 읽으며 2500년 전의 사람이나 지금 우리의 모습이 어쩌면 이렇게 똑같을까 하는 생각을 하며 책을 덮고 오랫동안 생각에 잠긴 적이 있었다. 옛날 그때나 지금 사람의 모습은 조금도 달라지지 않았다.

　오래전 작은 사업을 할 때 물품 대금을 주기 위해 꽤 많은 돈을 봉투에 넣어 내 책상 서랍에 넣어두고 저녁 무렵 볼일을 보고 돌아와 봉투를 찾으니 봉투가 감쪽같이 없어진 적이 있었다. 서랍을 여러 번 뒤져도 없었다. 혼자 아무리 생각을 해도 누군가 가져가지 않고는 없어질 이유가 없었다. 속이 끓어올랐지만, 내색은 할 수 없었다.

　그날부터 직원 모두가 이웃집 아들로 보이기 시작했다. 그때부터 직원들이 인사를 해도 인사도 받기 싫고 웃거나 말도 나누기 싫었다. 늘 함께하는 직원이 이웃집 아들로 보이는 순간 헝클어지는 마음을 주체할 수 없었다. 그렇게 혼자 속을 끓이다 보니 지금 직원들과는 일하고 싶은 의욕마저 사그라졌다. 잊어버리려고 아무리 애를 써도 마음이 돌아오지 않았다. 차라리 길에서 잃어버렸거나 사무실에 도둑이 들었다면 오히려 그것은 잊을 수 있었다.

　다음 날, 차 뒷좌석 중간 팔걸이에서 뭔가를 꺼내기 위해 뚜껑을 여는 순간 그곳에 봉투가 있었다. 서랍에 있는 것을 꺼내 그 안에 넣어둔 것을 깜빡했던 것이다. 그것을 보는 순간 반갑기도 했지만 먼저 마음이 허탈했다. 내 잘못도 모르고 직원들을 의심했던 자신이 정말 부끄러웠다. 며칠 동안 그 일로 힘들었던 것을 생각하니 한심했다.

그런 상황이 계속되었다면 직원들과 나 사이가 어떻게 되었을까. 생각하는 것조차 싫었다. 이같이 아픈 경험을 하고 난 다음에도 여러 번 도끼를 잃어버린 사람이 되었다. 세상을 살다 보면 내가 도끼를 잃은 사람이 될 수도 있고 반대로 도끼를 잃어버린 사람이 바라보는 이웃집 아들일 수도 있다. 우리는 이런 두 가지 상반된 현상에서 벗어나지 못하고 한번은 이웃집 아들이 되었다가 또 한 번은 도끼를 잃은 사람이 되는 주사위 던지는 내기를 하듯 세상을 사는 것이다.

2500년 전 사람들은 도끼 한 자루를 잃어버렸지만, 현재를 살아가는 우리는 잃어버린 것이 너무 많다. 도끼야 숲 속을 이리저리 뒤져 찾을 수도 있겠지만 지금 우리가 잃어버린 것은 아무리 뒤져도 찾을 수 없는 것들이 많다. 그때나 지금이나 찾으려는 마음만 먹는다면 시대를 뛰어넘은 해결 방법이 꼭 하나 있다. 그것은 어느 것에도 얽매이지 않는 우리의 마음을 찾는 것이다. 진정으로 잃어버린 것은 우리들의 마음이며 우리가 이것을 찾기 위해 노력하지 않는 한 우리의 미래는 고통스럽고 어둡다. 세상이라는 넓은 바다에 닻을 내리고 평화롭기 위해선 그 닻이 되어줄 마음을 찾아야 한다.

어느 것에도 얽매이지 않는 우리의 마음을 찾는 것이다.
진정으로 잃어버린 것은 우리들의 마음이며
우리가 이것을 찾기 위해 노력하지 않는 한
우리의 미래는 고통스럽고 어둡다.

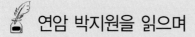

## 연암 박지원을 읽으며

나는 오래된 옛날보다 이삼백 년 전이나 아니면 내가 태어나기 전 사람들이 쓴 책을 읽는 것이 좋다. 그것은 오랜 옛날을 거슬러 올라가는 것보다 태어나기 얼마 전이면 같은 시대를 사는 사람들 같아 훨씬 살갑게 여겨진다. 책을 읽을 때 어쩌면 글속의 주인공들은 내 할아버지의 할아버지, 그 할아버지의 할아버지 삶 속으로 들어가는 일이다. 할아버지가 보는 것처럼 보기도 하고 내가 주인공이 되기도 하며 글속의 주인공이 되어 그들과 함께 호흡하는 것 같은 느낌은 그 시절로 나를 데려가는 시간이다.

# 연암을 읽으며(옛날이나 지금이나)

"어렴풋이 헤어지잔 말만 들어도 가락지를 벗어 던지고 수건을 찢어 버리고 등잔불을 돌아앉아 벽을 향하여 고개를 숙이고 울먹거리는 것은 믿을만한 첩임을 보이기 위한 것이요, 가슴속의 생각을 다 내보이면서 손을 잡고 마음을 증명해 보이는 것은 믿을 만한 친구임을 보이기 위한 것이다. 그러므로 귀에 대고 소곤거리는 것은 좋은 말이 아니요, 남에게 누설하지 말라고 신신당부하는 것은 깊은 사귐이 아니요 정이 얼마나 깊은지를 드러내는 것은 훌륭한 벗이 아니다."

연암의 글을 읽으며 메모한 것을 옮겨놓았다. 나는 내가 가장 잘 알고 있는 것, 나와 가장 가까이 있는 것이 항상 새로운 것임을 믿는다. 나는 2000년 전이나, 500년 전에 쓰인 동양의 고전을 읽는 것이 좋다. 아니면 서양의 책이라도 고전을 읽으면 그 시대 사람들이 세상을 보는 것을 내가 볼 수 있다는 느낌, 그 시대와 사람들 속으로 들어가 체험하는 것이 좋다. 사람에게는 각자의 경험과 무관한 원초적인 호기심과 마음이 있다. 그것과의 만남은 수면 아래 흐르는 깊은 강물처럼 명료한 의식과 오랜 옛날부터 내 안에 잠들어 있는 광대한 잠재의식이 만나는 접점(接點)이기도 하다.

연암의 이야기는 동양적인 사고의 주류(主流)다. 남이 나를 알아주지 않는 것을 서구의 존재론적 사고라 한다면 동양의 관계론 적 사고는 내가 남을 알지 못하는 것을 근심하는 것이다. 현명한 사람은 자기를 남에게 잘 맞추는 사람이지만 어리석은 사람은 다른 사람을 자기에게 맞추려고 하는 사람이라고 한 옛사람들의 가르침을 새겨야 한다.

옛사람의 글을 읽다 보면 시대를 떠나 요즘 사람들이 쓴 글을 읽는 것 같은 착각을 할 때가 있다. 그때와 비교해 사람이 누리는 것들이 엄청나게 많고 그에 대한 정보도 홍수를 이루어 주체할 수 없다. 과학의 발전으로 물질적인 것은 이제 풍요로 넘친다. 하지만 그때나 지금이나 변하지 않는 것은 인간의 본질이다. 아무리 인간의 의식주가 달라지고 사회적인 관계망이 복잡해졌다 해도 사람은 조금도 변하지 않은 그대로다.

믿을만한 첩임을 완벽하게 보이기 위한 욕망이나 믿을만한 친구로 보이기 위해 진실한 마음이 깃들지 않은 욕심은 실지로 그렇게 되는 길을 막는 큰 장애물이다. 진실 되지 못한 마음이나 친구가 되기에 자신이 없는 것들을 누구한테도 들키거나 내보이기 싫어하는 마음도 장애물이다. 우리는 모두 머릿속에 완성된 자신의 모습을 떠올리며 첩이나 친구가 되려 한다. 하지만 이런 생각이야말로 좋은 연인이나 친구가 되는 길을 막는 것이다.

대부분 우리는 상대의 속마음이야 어떻든 바로 앞에서 가락지를 집어 던지고 수건을 찢는 연인을 좋아한다. 또 온 마음을 열어 보이고 손을 잡고 귓속말로 소곤거리는 친구를 우선 좋아한다. 사람은 외부로 드러나는 작고 사소한 것으로 말미암아 그 사람을 좋아하게 되거나 싫어하게 되는 것을 보면 사람의 감정이란 터무니없을뿐더러 믿고 의지할만한 것이 못된다. 이성을 앞세워 감정에 충실한 것이 우리의 모습이 아닐까.

내가 이 글을 읽으며 잠시 바라보는 TV 화면 속에 여의도 국회의사당에서 국회의원들이 서로 귓속말로 무슨 이야긴가를 주고받는 모습을 보였다. 이야기하는 사람이나 듣는 사람은 고개를 끄덕이며 심각한 표정을 해 보이고 얼굴에는 어떤 결의에 차 있는 듯 보이지만 시도 때도 없이 그런 모습을 보아 온 우리는 그들을 신뢰하지도 않지만, 그들이 한 번도 신중한 생각 끝에 나오는 좋은 결과는 보지 못했다.

연암의 글을 읽고 난 다음 그 광경을 볼 때는 믿을만하게 보이고 싶은 첩과 귓속말로 소곤대는 친구가 떠올라 전과는 다른 모습으로 보인다. 이제는 그들을 내가 아는 대로 보게 되는 것이다.

# 연암을 읽으며(웃음과 울음)

    연암 박지원의 글에 "소리란 똑같이 입에서 나오는데 즐거우면 어째서 웃음이 되고 슬프면 어째서 울음이 되는지. 어쩌면 웃고 우는 이 두 가지는 억지로는 되는 게 아니고 감정이 극에 달해야 우러나는 것이 아니겠는가. 나는 모르겠네. 이른바 정이라는 것이 어떤 모양이관데 생각하면 내 코끝을 시리게 하는지 또한 모르겠네. 눈물이란 무슨 물이관데 울기만 하면 눈에서 나오는지. 아아, 우는 것을 남이 가르쳐서 되기로 한다면 나는 의당 부끄럼에 겨워 소리도 내지 못할 것이다. 내 이제야 알겠노라. 이른바 그렁그렁 고인 눈물이란 배워서 될 수 없다는 것을." 이라는 문장이 있다.

    나는 여태껏 사람의 눈물과 웃음을 이토록 적절하게 표현해 놓은 문장을 보지 못했다. 속에 있는 기쁨과 슬픔이 소리가 되어 나오는 것을 생각하면 생명체가 지닌 표현의 다양함이 신비

롭다. 아기가 산모의 몸 밖으로 나오며 우는 울음은 세상 밖으로 나오며 하는 첫 호흡이라고 한다. 사물을 인식하기 전까지 울음과 웃음 두 가지로 모든 것을 표현한다. 그것은 아기가 하는 말이고, 그때는 울어도 눈물을 흘리지 않는다. 하지만 성장하며 희로애락의 감정이 생기기 시작하면서 울음과 웃음은 그야말로 다양한 모습을 띠게 된다. 그러면서 울음과 웃음에 서로 다른 의미가 담긴 눈물이 나오는 것이다. 결국, 나오는 소리만 틀릴 뿐 웃음과 울음은 물과 얼음처럼 같은 것이다. 물이 추우면 얼음이 되었다가 더우면 물이 되듯이.

사람은 때때로 웃음과 울음으로 글과 말을 대신하며 살아간다. 사람의 이 두 가지 표현은 어떤 것 보다 더 큰 힘을 가진다. 한 번의 웃음과 한 방울의 눈물은 그 의미에 따라서 세상을 바꾸기도 하고 인간을 구원하기도 한다. 가섭(迦葉)의 염화미소, 모나리자의 미소, 마리아의 눈물은 세상 온 인류에게 미소와 눈물의 참된 의미를 가르쳐 주는 것이다. 미소는 소리로 나타나는 것은 아니지만 웃음보다 더 깊고 진한 의미를 담고 있다. 모나리자의 입술에는 인간이 담을 수 있는 최상의 아름다운 미소가 어리어 있다고 하지 않는가. 눈가에 그렁그렁 맺힌 눈물은 흐르는 눈물보다 사람의 마음 더 깊은 곳에서 올라오는 말과 같다. 그것은 기쁨과 슬픔이 맑고도 투명한 기운으로 발현되어 눈에 어리는 것이어서 말로 할 수 없다.

우리는 까닭 없이 슬퍼져서 벽이나 유리창에 머리를 대고 울어본 적이 있을 것이다. 나는 어느 해 깊은 가을 지리산 피아골에서 봉래산 목아재로 이어지는 긴 오솔길을 걸으며 울어본 적이 있다. 그냥 숲과 단풍의 아름다움에 취해 걷기만 했는데, 까닭 모르게 눈물이 흐르는 것을 막을 수 없었다. 어떤 이유를 두고 감정이 북받쳐 흘리는 눈물도 있겠지만, 그날의 알 수 없는 눈물은 슬픔도 아니고 그렇다고 기쁨도 아닌 것이 무어라 꼬집어 말로 설명할 수 없는 슬프면서도 달콤한 것 같은 희한한 눈물이었다.

너무도 아름다운 경치는 아무리 재주 있는 화가거나 작가라도 붓이나 펜으로 그릴 수 없다. 내가 흘린 눈물도 너무 아름다운 경치에 그냥 '아' 라고 표현할 수밖에 없는 언어도단(言語道斷)의 순간에 말이 눈에서 눈물이 되어 흐르는 그런 의미를 담고 있었다.

허공을 향해 까닭 없이 웃는 헛헛한 웃음도 허망한 것이 아니라 입으로 나오는 눈물과 같은 것이듯, 나무도 사람처럼 흘리는 눈물이 있다. 밖으로 상처가 나면 속에서 나오는 액체는 나무의 눈물과 같은 것이다. 송진은 소나무가 어떤 것으로부터 손상을 입었을 때 나오는 것이라고 한다. 소나무의 송진은 꿩이 발을 다치면 그 산에 백 년 묵은 노송의 송진을 쪼아 바른다고 한

다. 내가 흘리는 눈물도 꿩이 발라 상처를 고치는 송진이었으면
좋겠다.

# 연암을 읽으며(인간의 본질)

"옛날에 가슴앓이 하는 이가 있어 아내를 시켜 약을 달이게 하였는데 그 양이 많았다 적었다 들쑥날쑥 하였으므로 노하여 첩을 시켰더니, 그 양이 항상 적당하였다. 그 첩이 너무나 마음에 들어 창구멍을 뚫고 엿보았더니, 많으면 땅에 버리고 적으면 물을 더 붓는 것이었다."

이것이 바로 그 첩이 양을 적당하게 맞추는 방법이었다. 연암 박지원의 글을 읽으며 메모해둔 것이다.

이 글을 쓴 당시의 연암도 옛날이라고 하였으니 시대를 거슬러 올라가면 아주 옛날인지도 모른다. 우리 인간이란 시대를 막론하고 삶의 모습이 지금의 시대와 어쩌면 이렇게 똑같을까 하는 생각이 든다. 이런 이유로 내가 옛날 고전을 읽으며 수시로 무릎을 치며 동양의 고전에 빠져드는 이유이기도 하다. 서양사상의 원천은 사유(思惟)지만 동양 사상의 원천은 구체적 세계에 대한 관계와 경험이다.

고전을 읽는 그 시간, 시간과 공간의 한계를 뛰어넘어 과거로부터 지금까지 추앙받고 있는 현자들을 만나게 된다. 그들의 삶에서 터득한 교훈과 깨달음을, 그리고 자신의 모든 것을, 영혼 깊숙이 받아들일 수 있다. 그 세계 속을 헤엄치며 내 머리를 통해 걸러진 세계를 인식함으로써 정신적 가난을 극복할 수 있다. 뿐만 아니라 인생의 본질에 대해 자문하고 자신과 세계를 주체적으로 해석하며 그를 통해 그 시대의 사람과 같이 호흡하는 것이다.

동양의 오랜 고전은 우리에게 많은 것을 가르쳐 준다. 흘러간 세월이나 지난 역사는 이미 지나가 버린 과거가 아니고 이렇게 지금보다 더 생생하게 살아 우리와 오늘을 함께하며 동시에 미래를 준비하는 것이다. 역사의 정신은 과거에서 배워야 하지만 그것은 과거가 아니라 그 과거가 비추는 빛에 따라 현재를 파악하고 내일을 조망하는 것이 아닐까. 역사는 단지 과거에 관한 것만이 아니라고 했다. 아니 과거와는 거의 상관이 없을지도 모른다.

미국의 흑인작가 볼드윈은 "역사가 강력한 힘을 갖는 까닭은 우리 안에 역사가 있기 때문이고, 우리가 깨닫지 못하는 다양한 방식으로 우리를 지배하기 때문이며, 그리하여 말 그대로 우리가 하는 모든 일 안에 현존하기 때문이다."라고 했다.

볼드윈의 말대로 역사를 외면한 삶은 이미 파편화된 삶이다. 나는 과거를 통해 오늘을 보며 지난 일이 바로 나의 삶이라는 것을 인식한다. 지난 시간의 역사라는 것은 자기 인식을 목적으로 하는 것이고 그보다 더 중요한 것은 바로 나 자신을 아는 것이다. 이를 통해 내가 무엇을 할 수 있고 무엇을 할 수 없는지, 또 무엇을 해야 하고 무엇을 하지 말아야 하는지 알 수 있다. 그러므로 과거는 단순히 어떤 일이 있었는가를 들춰 보는 것이 아니라 과거의 사람이 무엇을 해왔는지, 사람이 무엇인지에 대해 사색하게 하고 내가 어떻게 살아야 하는지를 보여준다. 사람은 다른 사람 안에서 자신을 발견하는 것이다. 삶은 과거가 아니다. 그렇다고 미래도 아니다. 모든 것은 현재에 있지만 삶은 어떤 곳에서도 완성되지 않는다.

가슴앓이 하는 이가 창구멍을 통해 바라본 약 달이는 첩의 모습을 보며 어떤 생각을 했을까. 아마 틀림없이 그 사람의 마음이나 내 마음이 다르지 않을 것이다. 반대로 가슴앓이를 하는 이가 본처와 함께 있는 모습을 창구멍을 통해 바라보는 첩의 마음은 또 어땠을까. 나는 가끔 이런 상황을 뒤집어 생각해보면 내가 알지 못한 세계를 보는 것 같은 또 다른 눈이 내 안에서 돋아나는 것을 본다.

내가 나를 보는 것과 남이 나를 보는 것이 다른 것처럼, 이것은 나라는 개인적인 특수성을 넘어 인간으로서의 보편적인 자기 본질을 안다는 것이다. 인간이 무엇인지, 인간이 어떻게 살아야 하는지를 보여준다. 내 삶 자체가 지난 과거이며 그것이 바로 내 삶의 바탕이라는 인식이 없으면 나는 뿌리 없이 물 위를 떠다니는 부초처럼, 아니면 하루살이처럼 삶을 사는 것이다.

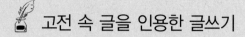

# 고전 속 글을 인용한 글쓰기

출처를 기억할 수 없지만 책을 읽다 마음에 와 닿아 메모한 글이다.

"옛사람의 글을 본뜨는 자는 반드시 먼저 그 시를 익히 읽은 뒤에 본받아야 도달할 수가 있다. 그저 하면 훔쳐 쓰기도 어렵다. 하늘 아래 새것이 어디 있는가. 남의 좋은 점을 본받아 자기 것으로 만들려는 노력은 귀하다. 누구나 공부는 이렇게 시작한다. 다만 남의 것을 배워와 온전히 내 것으로 녹이지 못해 훔친 것이 들통 나니 내 부족한 공부가 더없이 부끄럽다."

고전을 읽으며 와 닿는 부분을 인용해 글 쓰는 일은 먼저 대문을 만든 다음 글 쓰는 일이다. 집 짓는 과정은 바뀌었는지 몰라도 완성되는 집은 똑 같다. 인용한 문장이 글 주제가 되기도 하고 그 속에서 지금까지 몰랐던 인간의 모습을 들여다보는 것이다. 거기에서 내가 겪었던 일이나 다른 사람의 모습을 옛사람과 견주어 내 생각을 써내려가는 일이라 많은 공부가 된다. 거기에 내 생각을 덧붙이는 일은 항상 긴장의 끈을 늦추지 않아야 하므로 무엇보다 신경 써야 한다.

# 고전 속 이야기

공자는 스승님도 싫어하는 유형이 있는가를 묻는 제자(자공)에게 네 가지 유형을 들었다. 첫째로 타인의 실패를 기뻐하는 자, 둘째로 부하로서 상사를 험담하는 자. 셋째로 단순한 난폭을 용기로 착각하는 자. 넷째로 독단을 결단으로 착각하는 자. 라고 했다. 그리고 지도적 입장에 있으면서 관용이 결여된 자, 의례를 행할 때 성실성을 잃은 자. 장례에 참석하는데 애도하는 마음이 없는 자. 이런 인간은 평가할 가치조차 없다고 했다. 글을 나름대로 요약해 간추려보았다.

요즘 세상에 이말 전부를 아니라고 할 수 있는 사람이 있다면 그야말로 성인의 경지에 가깝다. 옛날에 견주어 요즘 세상에는 사람을 유혹하는 것이 너무 많아 그중 한두 가지라도 지키는 것이 어렵다. 사람들 마음을 자극하는 것이 적었던 옛날과 지금은 모든 것이 엄청나게 달라졌다. 비교하자면 시골마을 장마당을 보던 눈이 서울 한복판 대형백화점에 들어선 것과 같을 것이다.

고전에는 이 같은 글이 있기에 그것을 읽으며 지금 우리와 견주어보고 사람됨을 읽는 잣대가 된다. 과학이 발달하고 세상이 아무리 변해도 2000년 전이나 지금이나 기본적인 사람의 본질은 똑같다. 한 가지 흥미로운 것은 이 같은 잣대로 내가 자주 보는 사람을 두고 견주어보면 한두 가지라도 시험에 제대로 통과하는 사람이 없다. 나부터도 그 잣대 근처에도 못 갈뿐더러 모자라도 한참을 모자라 견주는 것조차 부끄럽다. 옛사람이 당시 사람을 기준으로 만든 잣대가 이렇게 엄정한 것일까. 그 잣대로 요즘 사람을 잰다면 저 같은 어려운 시험을 통과할 사람이 과연 있을지 궁금하다.

사람의 오욕칠정(五慾七情)을 어떻게 저리도 족집게처럼 끄집어내어 사람됨을 알아보는 잣대를 만들었는지 옛사람들의 지혜가 놀랍다. 우리가 따라갈 수는 없지만, 그나마 고전이 있어 그것을 통해 옛사람들이 만들어놓은 길을 지금 우리는 쉽게 간다. 나를 끌어주는 누군가가 있다는 생각만으로도 마음에 위안을 받을 수 있듯 고전은 늘 곁에서 내 삶의 버팀목이 되어준다. 사는 게 힘들어 지치고 어려울 때 찾아가면 언제라도 반겨주는 고향 마을 친구처럼 떠날 때는 빈손으로 보내는 일이 단 한 번도 없다.

꿀단지 하나에 백배의 물을 섞어도 물은 꿀물의 향기가 남듯이 설령 백번 읽어 백번 다 잊힌다 하더라도 마음속에는 고전의 잔향이 남는다. 나이 들수록 고전을 읽어야 한다. 책을 읽지 않아 아무것도 모른 채 사는 것보다 책을 읽으며 고뇌하는 것이 훨씬 사람답지 않겠는가.

손에 책을 드는 순간 세상과 내가 하나가 되고 삶이 바뀐다. 고전을 읽으며 이천 년 아니면 오백 년 옛날로 돌아가 그 사람들이 보았던 것처럼 보고 있다는 느낌, 그들 속으로 들어가 함께 숨 쉬며 생각하고 이야기 나누는 즐거움은 느껴보지 않으면 모른다. 책은 삶을 바꾸는 힘은 내 안에 있음을 알게 하고 언제나 나를 지켜주는 언덕처럼 든든하다.

나이 들수록 고전을 읽어야 한다.
책을 읽지 않아 아무것도 모른 채 사는 것보다
책을 읽으며 고뇌하는 것이 훨씬 사람답지 않겠는가.

# 사람의 역사

　"무릇 사람의 기량을 평가함에 있어서 평가 되는 사람이 두루 통달한 사람이면 그가 예를 표하는 바를 보고. 재물이 많은 사람이면 그가 육성하는 바를 보고. 그 사람의 말을 듣고는 그것이 그의 행하는 바와 부합하는지를 보고. 또한 그를 심하게 기쁘게 하여 그가 절개를 바꾸는가를 시험하고. 격노케 하여 스스로 절제할 수 있는가를 시험하고. 두렵게 하여 지조를 지키는가를 시험하고 슬프게 하여 그 사람됨이 변하지 않는가를 시험하고. 고통스럽게 하여 의지를 바꾸는가를 시험한다."

　여불위가 지은 중국고전 『여씨춘추』에 있는 말을 나름대로 각색해 옮겨 보았다.

　나는 사람을 평가하는 기준을 책이나 사람들을 통해서 수없이 보고 들어왔지만, 결론은 사람이 사람을 평가하는 절대적인 기준은 없다고 믿는다. 하지만 2500년 전 여불위의 이 말은 인간이 같은 인간을 평가하는 모든 것이 들어 있다는 생각을 했다. 신기한 것은 오래전 이야기가 이 시대 사람들에게 어쩌면 이리도 들어맞을까 하는 생각으로 그 책을 읽으며 깊은 생각에 빠진 적이 있었다.

그러고 보면 사람의 역사라는 것은 2500년 전의 모습이 바로 오늘의 모습과 같은데 2500년 후의 모습도 지금과 다를 것이 없다는 생각이 든다. 사람의 역사는 과거도 아니고 미래는 더욱 아니며 바로 오늘이라는 사실이다. 부처의 말씀 중에도 "너의 과거를 알고 싶은가. 그것은 지금 네 모습이다. 미래를 알고 싶다면 그것 역시 지금 너의 모습"이라고 했다. 어쩌면 그 시대 부처님은 사람의 역사를 이토록 정확히 꿰뚫어 보았을까. 생각하면 가슴이 서늘하다.

우리는 너 나 할 것 없이 꿈이 옅어지고 내 삶에 후회가 밀려오기 시작하는 순간부터 나이가 들었다는 자각과 함께 늙기 시작한다. 그러나 나이가 들어도 늙고 싶지 않다면 새로운 꿈을 꾸어 낡은 후회를 덮어야 한다. 그것만이 새로운 미래를 위한 확실한 방법이다. 그런 마음이 내 안에서 자리 잡을 때 내 과거의 모습은 이미 과거가 아니고 현재 나와 함께 살아 있다.

우리의 미래는 내가 생각하는 대로, 마음먹은 대로 되는 것이다. 고귀한 것을 생각하면 고귀하게 되고 비천하고 악한 것을 생각하면 그대로 된다. 그런 하루하루가 쌓여 우리의 미래가 되는 것이다. 그런즉 우리가 무엇을 꿈꾸는가에 따라 나의 미래는 만들어진다. 온 마음과 지혜를 나에게 바치면 과거와 미래는 틀림없이 내 곁으로 다가올 것이다.

삶이란 결국 머물지 않고 떠나는 여행과 같고 잠깐 쉬며 머물렀던 내 자리를 다른 것에 선뜻 내어줄 마음으로 살아야 한다. 내가 첫머리에 여불위의 말을 빌려 이야기 한 대로라면 한 사람의 인간이 완성된 모습을 보이기 위해서는 성인의 모습에 가까워야 한다. 그러나 그것은 가까이 가는 것마저도 어렵다.

그래도 우리는 성인의 모습까지는 아니더라도 최소한 사람으로 태어나 한 번의 인생을 살면서 최선을 다해 살다간 인간의 모습은 보여야 하지 않을까. 여불위가 열거한 사람을 평가하는 모습 중에 전부를 다 할 수는 없겠지만, 그중 두세 가지라도 내 안에 담으려는 노력만큼은 해야 한다.

지금 행복한 사람은 나중에도 행복한 법이다. 그리고 오늘 하지 못하는 사람은 다음에도 할 수 없다. 세상 만물 중에서 미룰 줄 아는 것은 사람밖에 없으니까. 지금 시작해서 과거와 미래가 내 곁으로 오게 하자. 늦다고 생각할 때가 빠르다고 했다. 그러니 할 때가 가장 빠를 때고 하지 않을 때가 늦은 때이다.

삶이란 결국 머물지 않고 떠나는 여행과 같고
잠깐 쉬며 머물렀던 내 자리를 다른 것에 선뜻 내어줄 마음으로
살아야 한다.

# 중년의 글쓰기

　세상이 변해도 너무 빠르게 변한다. 강산이 변한다는 10년이란 시간도 1년으로 줄어든 것 같더니 어느새 지금은 한 계절만큼의 시간으로 줄었다. 그런 까닭으로 이제는 나이의 경계도 허물어졌다. 지금 세상은 초등학교 학생과 할아버지가 동등한 자격으로 서로 존댓말 써가며 사이버 공간에서 대화하는 세상이다. 그런 만큼 이제는 어떤 일을 가지고 나이를 따져 그것에 견주어 판단하는 것은 한참 뒤떨어진 생각이다. 세상이 변한만큼 우리도 거기에 맞는 옷을 입어야한다. 생각이 바뀌지 않는 것은 여름이 왔는데 철 지난 봄옷을 입고 있는 것이나 같다. 철이 지나면 옷을 갈아입듯 생각의 각질도 한 꺼풀씩 벗어야 한다. 허물 벗는 뱀처럼 또 한 번 도약해서 더 성숙해져야 한다.

　글 쓰는 일 역시 나이와 전혀 상관없는 일이다. 책을 고르고 읽을 때 나이를 두고 선택하는 일은 없지 않은가. 가끔 나이 들어 글 쓰는 일을 탐탁찮게 여기는 이들이 더러 있다. 게 중에는 젊은 시절 열정을 쏟아 붓고 나면 중년이 되어서는 그 에너지가 차츰 사그러져 나중에는 고갈될 거라고 착각하는 사람도 있다. 그러나 글은 쓰면 쓸수록 느는 법이다. 공부에 그침이라는 것이 어디 있는가. 끝없이 배워야 하는 것이 사람이고 사람이 되기 위해서는 그침 없는 공부가 자신과 늘 함께해야 한다. 이것이 의식 있는 사람의 존재의미이고 우리가 죽는 날까지 배워야 하는 이유다.

문학 하는 일을 나이의 경계 안에 가두는 것은 정말 비좁고 졸렬하다. 글 쓰는 일은 어떤 사람이든 나이와 상관없이 할 수 있는 것이고 글이 좋으면 누구에게나 읽힌다. 문학은 인간문제에 다가가려는 노력이자 인간 본래의 경험과 감성에 다가가는 것이다. 세상일에는 시간이 흐르지 않으면 알 수 없는 것들이 있다. 그런 의미에서도 세월이 가야만 지닐 수 있는 중년의 문학에는 중년의 중후한 감수성과 원숙한 세계인식이 들어있다. 그럴 때, 중년이기에 따르는 지혜와 관용과 이해의 정서가 품어져 있는 글이 쓸 수가 있다.

사람은 다른 사람을 통해 자신을 정의하는 것이고 그것은 다른 사람도 마찬가지다. 내가 남을 바라보는 시간 남도 나를 바라본다는 사실 이것 하나만 알아도 내가 만나는 사람과의 관계는 달라진다. 중년에 쓰는 글은 단어로 비유하자면 '고유명사'와 같은 처지가 되는 일이다. 유리벽 같은 투명한 공간에서 많은 사람이 지켜보는 가운데 글 쓴다는 것을 명심해야한다. 그러니 한창 배우는 젊은 시절의 '일반명사'일 때와는 다르다. 젊을 때처럼 다른 사람들과 섞여 잘 보이지 않는 않을 거라는 생각으로 글을 써서는 안 된다. 누군가가 나를 바라보고 있다는 사실은 힘들게 끌고 가는 삶의 수레를 뒤에서 밀어주는 고마운 손짓이기도 하다. 하지만, 그 수레를 남들의 시선을 벗어나 엉뚱한 곳으로 잘못 끌고 가면 비난받는다.

중년의 글은 수많은 삶의 체험과 인생의 깊이로 세상을 바라보는 것이기에 그만큼 자유로울 수 있다. 그러나 중년의 글쓰기는 그것(고유명사와 같은 삶)을 외면하거나 피할 수 없다는 것도 알아야 한다. 대신 중년에는 무엇과도 바꿀 수 없는 선물이 하나 있다. 그것은 중년이기에 얻어지는 민얼굴의 자유로움(뻔뻔함도 함께)과 자신감이다.

사자성어에 격화파양(隔靴爬癢)이라는 말이 있다. 신을 신고 발바닥을 긁는다는 뜻이다. 신을 신은 채 발바닥을 긁어봐야 시원할 리가 없다. 아무리 긁어도 시원한 카타르시스를 느낄 수 없다. 중년이 된 지금은 남의 눈치 볼 것 없이 신발을 벗고 양말까지 벗은 채 발바닥을 긁을 수 있어 시원함을 넘어 통쾌하기까지

하다. 오랫동안 깁스에 감았던 붕대를 풀었을 때, 세상 밖으로 모습을 드러내는 살과 같을 것이다. 중년의 글쓰기도 이 같은 것과 마찬가지 아닌가. 그에 따른 선물이란 바로 이런 것이다.

# 에필로그

    글 쓰는 사람이라면 누구나 자기가 쓴 책을 갖기 원하고 그럴 수만 있다면 다른 사람에게 읽혀지기를 원한다. 나 또한 그중 한 사람이다. 내 글을 책으로 만들어 세상 밖으로 내보내는 일은 늘 두렵고 조심스러운 일이 될 것이다. 그 마음이 처음일 때는 더 그렇다. 내게는 그만한 용기도 없었다. 그런 까닭으로 혼자 내 속에 묻어두고 있을 거라는 생각도 해보았다. 그러나 가슴에 묻어만 둔다면 평생 내속에서 잠 잘뿐이고, 내가 이곳에 머물 수 없는 시간이 오면, 그때는 영원히 사라질 거라고 생각하니 글 쓰는 일이 부질없는 짓으로 보이고 허무한 생각마저 들었다.

    그러다 어느 날 우연히 다산의 평전을 읽다 "군자가 책을 써서 전하는 것은 다만 그 책을 알아주는 한 사람을 구하기 위해서다."라는 글을 읽고 마음을 바꾸었다. 이것이 내가 부끄러움을 무릅쓰고 남에게 미움 받을 용기로 책을 쓰는 이유다.

어쩌면 책은 내 자서전 비슷한 것 중 일부가 될지도 모르겠다. 이 책 또한 그런 마음으로 남들 앞에 내놓는 것이어서 어쩌면 내 인생에 또 하나의 오점을 남기는 일이 되거나 아니면 책을 알아주는 한 사람이라도 있어 그에게 오래도록 기억될는지는 아무도 모를 일이다.